お花畑の魔王様

卯堂成隆

illust. ――― およ

目次

第一章　追い出された魔王様……005
第二章　迷える蝶とお花畑……027
第三章　とある変態による、胃の壁を削るお話……056
第四章　復興支援？　いいえ、ただの陰謀の始まりです……077
第五章　蝶の羽を養う日々……105
第六章　使えるものは神でも使え……114
第七章　愛の罠を仕掛けましょう（ただし狂った慈悲で）……162
第八章　ハンプレット村殺人事件……185
エピローグ　神と魔王の答え合わせ……258
書き下ろし　エイボン三分クッキング
名状しがたき物体X、もしくはアデリアの手料理と呼ばれし物……274
あとがき……288

第一章　………追い出された魔王様

「クーデルス・タート。お前を我が四天王から解任する！」

それは数多の魔族の重鎮が立ち並ぶ御前会議、その中心人物……このたび新しく就任した魔帝王からの言葉であった。

そして告げられたのは、どこか締まらない雰囲気の付き纏う男である。

黒縁の眼鏡に、顔を隠すような長い前髪。

声の落ち着き具合や雰囲気からすると、四〇代ぐらいだろうか？

背は見上げるほど高く、体にも厚みがあり、それなりに貫禄だけはあった。ただし、どうにもむさくるしくて胡散臭い。

周囲の冷たい視線の突き刺さる中、クーデルスと呼ばれたその男は申し訳なさそうな声で答える。

「えっと……なんとかなりません？」

「ならん！」

おずおずと上目遣いに聞き返すクーデルスに、魔帝王は間髪を入れずに拒絶を叩きつけた。

そして石でできた女神像と見まがうほどの冷ややかな美貌をゆがめ、指でテーブルをコツコツと叩きながら言葉を続ける。

「そもそもだ、貴様がなぜ四天王の一角なのかが理解できん。先代の魔帝王は何を考えてこんな男を魔族の重鎮に据えたのか」

その言葉に、周囲の魔族の重鎮たちも大きく頷(うなず)いた。

「我ら魔族にあるまじき緊張感のない容姿。そのくせに女官たちには声をかけまくり、おまけに先の勇者との戦いにおいても一切の功績なし!!　挙句の果てには、使用できる魔術属性が〝お花畑〟だと!?」

最後の言葉を聞くなり、クーデルスはバツの悪そうな表情を浮かべて耳を塞いだ。

この世界において、全ての存在は〝属性〟というものをもって生まれてくる。

基本的に地・水・火・風の四つの元素と同じ名前の属性が与えられるのだが、ごくごく稀(まれ)に……それこそ歴史上においても片手で数えるほどの例外が記録されており、クーデルスはその例外の一人だった。

そう。このクーデルスは魔族で……いや、この世界で唯一の〝お花畑属性〟という奇妙な属性を持っているのである。

もっとも、彼のその属性がいかなる魔術を繰り出すのかは誰も知らない。

……というか、誰も興味を持っていなかった。

なぜなら、戦闘民族である魔族にとって、〝強そうではない〟ということはそれだけで侮蔑の対象でしかないからだ。

「我が言葉に反論することもできぬか。この無能で惰弱な男が今まで魔族の重鎮として無駄飯を喰らっていたかと思うと、はらわたが煮えくり返るわ！」

「い、いやぁ……功績というなら、戦闘以外で結構がんばっているんですけど。決して無駄飯喰らいではないと……」

だが、それは魔族の誰もが興味を持たない内容である。

それがわかっているので、クーデルスはあえてその内容を口にせず、その功績とは何かと彼にたずねる者もいなかった。

「貴様、よほどこの私を怒らせたいようだな！」

魔帝王はクーデルスの言葉をさえぎると、平手で机をバシンと叩く。

重厚な木製の机に、ピシリと大きなひびが入った。

だが、魔帝王の怒りは収まらない。

彼はガタンと大きな音を立てて立ち上がると、その指先に黒く禍々しい魔力を集めながら告げた。

「陛下、お願いですから考え直してください。たしかに私は貴方が誇りに思うような力は持っておりません。ですが、私には私の役目があるのです。貴方の父上である先代の魔帝王から私を絶対に手離すなと言われていたことを忘れたのですか？」

クーデルスは魔帝王を諭すような声で自らの立場を訴える。

その目には真摯な光があり、同時にこの上もなく悲しげであった。

「黙れ！　貴様の顔など、もはや一瞬たりとも見たくない！　我が呪いを受けよ、クーデルス！
今すぐ転移の魔術にてこの国の外、人間たちの住む世界へと貴様を捨ててやる。
貴様が再びこの国に舞い戻ろうとすれば、我が呪いによって死が訪れると思え!!」

次の瞬間、魔帝王の全身から魔力が青白い光となって噴出する。

その怒りの激しさと凄まじい魔力の余波に、並み居る重臣たちのほとんどが目を背けるか机の下に身を伏せた。

迫り来る魔力の奔流を前に、クーデルスは全てを諦めたかのように目を閉じる。

恐ろしいほどの魔力が空間を埋め尽くし、クーデルスを国外へと放逐する魔術が完成した。

やがて魔族の重鎮たちが机の下から這い出した時、魔帝国の穀倉地帯である南の平原を管理していた重鎮、〝お花畑の魔王〟クーデルス・タートの姿はもはやなかった。

そして、彼らがクーデルス・タートの姿を目にすることは二度とあるまい。

「さぁ、いらないお荷物は片付いた。ここからは、栄えある魔帝国の未来について語り合おう！」

若い魔帝王がそう宣言すると、ようやく魔族の重鎮たちは自分たちの出番が回ってきたことを理解した。

そしてほくそ笑む。

さぁ、この力だけしか取り柄のない若造から、どうやって利権をむしりとってやろうかと。

だが、彼らは理解していなかった。

たった今追放された男が、魔族の社会において心臓とも言えるとんでもない重要人物であったことを。

すでに彼らの利権も栄光も、はるか彼方へと自分たちの手で投げ捨ててしまっていたことを。


それを彼らが思い知るのは、しばらく先の話である。


魔族と人間の勢力のちょうど境目にある人里離れた森の中。

鳥と獣の他は誰も足を踏み入れないこの場所に、突如として強い魔力の気配が揺らいだ。

その異様な気配に、鳥たちはバサバサと音を立てて逃げ惑い、茂みの中からはウサギがあわてて飛び出してくる。

やがて……不意に、木々の間から紺色の鮮やかな光が漏れ出し、そして消えた。

異変が終わり森が平穏を取り戻した頃。茂みの奥から、深いため息と共に低い男の声が響き渡る。

「はぁ、ついにこの時が来てしまいましたか。覚悟はしていましたが、いきなりでしたねぇ」

そんな台詞（せりふ）を吐いたのは、先ほど追放された男、クーデルスであった。

「みんなから疎まれているのは知っていましたが、まさか永久追放の呪いまでかけられるとは」

　耳を傾ける者が誰もいないとわかっていても、口にせずにはいられないのだろう。

　その中年男……つい先ほどまでは魔帝王を支える四天王の一人であったこの男は、眼鏡を外して頭痛をこらえるように額に手を当てた。

「亡き先代からは、次の魔帝王を助けてやってくれと頼まれていましたが……ここまで徹底的に嫌われているなら、もうそのお願いも無効ですよね？」

　自らのやましさをごまかすように問いかけたところで、誰も返事をする者はいない。

　ただ、聞かせる相手は一人だけいる。それは彼自身の良心だ。

「もう、いいでしょう。行き場のない私を拾ってくださった先代への義理は十分に果たしました」

　なぜそんな台詞を自分自身に言い聞かせるのかといえば、ひとえに彼の心が亡き先代魔帝王との約束を破ることに耐えられないせいである。

　魔王の名を冠せられているにもかかわらず、彼自身はあまりにも善良であった。

　ただし、魔族のわりには……とつけなければならないが。

「そもそも、先代には恩だけでなく恨みもありますしね。ええ、思い返すも忌々（いまいま）しい、膨大な仕事の海に消えた我が灰色の青春時代」

　苦い過去を思い出し、クーデルスは深々とため息をつく。

何せ、これまでクーデルスの元に配属された者は、クーデルスを蔑視するあまり全員が出勤拒否。

身内のコネを使ってそのまま一度も顔を見ないままに転属するか、クーデルスの下につくことに耐えられず退職するケースしかなかった。

そのため、魔帝国全体の食料供給を担当していた彼の業務は想像を絶する激務だったのである。

むしろ、この四〇〇〇年以上にわたる業務が、彼一人の努力でどうにかなっていたほうがおかしい。

もっとも、仮に仕事の状況がまともであったとしても、彼にモテ期があったかどうかは定かではないが。

考えているうちにそんな現実に行き当たり、クーデルスはガックリと肩を落とした。

そして数分後。落ち込んでいたと思われたクーデルスだが、突如として自分の拳を握り締め、眼鏡をかけ直すとキッと真剣なまなざしで空を見上げる。そして叫んだ。

「……いえ、まだ終わってはいません！　私の青春は、ここから始まるのです！　そうです！　幸いなことに私は見た目が人間と変わりませんし、人間の世界に紛れ込んでしまえば、甘く切ない恋におぼれることもできるはず！　あぁ、すばらしい！　なんて、ステキな未来ではないですか‼」

そう。彼の頭の中は、彼の属性同様なかなかにお花畑であった。今までは悲惨な勤務状況のせいで押さえつけられていたが、もはや彼のお花畑な脳みそを阻むものは何もない。

　そして、ここから彼の暴走が始まる。

「心配があるとすれば、我が家の家畜さんたちの世話ですが……まぁ、彼らはほっといてもどうにかなるでしょう。あぁ、そうです。私にかけられた先代魔帝王の呪いは消えました。私は……私は……もう自由なんだ！」

　だが、晴れ晴れとした言葉とは裏腹に、彼の目から涙が一滴（ひとしずく）。

　それはキラキラと森の中の木漏れ日を照り返しながら、頬を伝って顎の先から滴り落ちた。

「嫌ですねぇ。いつかはこうなるだろうとわかっていたのに、まるで心の整理がついていない」

　苦笑いを浮かべたところで、心の傷は欠片（かけら）も癒されない。

　おそらく、彼の傷を癒せるのは時間だけであろう。

「あぁ、そうですね。感傷は後でいくらでも浸ればいい。とりあえず、やるべきことをしましょう……というより、まずここはどこでしょうか？」

　気分を変えるように、クーデルスは周囲を見渡して独り言を呟（つぶや）いた。

　魔帝王の言葉通りであれば魔族が支配する領域ではないと思われるが、逆に言えばそれだけしか情報はない。

　これが風の属性を持つ者であれば魔術をもって調べることもできたであろうが、生憎（あいにく）と彼の属性は〝お花畑〟である。

いかに彼の魔力が魔帝国全域に影響を与えるほど膨大であったとしても、向き不向きばかりはいかんともしがたいのだ。

「どう見ても、近くで人間が生活している気配はありませんね。これは……生活基盤を自分で作り上げろということでしょうか」

もっとも、近くに人里があったところでこちらは一文無しである。考えてみれば、最初からそうするしか選択肢はなかった。

「まずは食料をなんとかすべきですね。そこはどうにでもなりますが」

そう呟くと、クーデルスは目の前の茂みに向かって指を伸ばす。

「咲き乱れよ（フロレシオン）」

次の瞬間、目の前の茂みが白く染まった。いや、一瞬にして白い花が咲き乱れたのだ。

その茂みを構成する、種類の異なる植物全てに同じ花が……である。

「実れ（フルート）」

だが、次の魔術が唱えられると花が一瞬で散り、無数の青い果実が後に残された。

さらにその果実もまた、風船に息を吹き込むような速度で大きくなり、赤く色づき始める。

そして実を結んだのは……林檎（りんご）だった。異なる種類の植物に、草にも灌木（かんぼく）にも大きな林檎が実っている。

もしもここにクーデルス以外の知的生命体が存在していたならば、その異様さに自分の頬をつねっていたに違いない。

植物の成長を促進するような魔術は地の魔術に存在するが、それはあくまでもその植物本来の姿の枠組みにとどまる話である。

だが、この現象はその部分を完全に逸脱していた。たとえるならば、人の頭から髪の毛のかわりに無数のウサギの顔が生えてくるようなものである。

つまり、完全に理屈に合わない。

そんな不気味ともいえる技術を研究するような奴(やつ)は、興味を抱いた時点でよほどの天才か完全な変人だ。

「ふむ、少し無理をさせたせいか味が薄いですね。やはり果樹は時間をかけて優しく育てるに限ります」

収穫した林檎を一口かじると、クーデルスは不満げにそう呟く。

この奇跡のような結果を成し遂げてなお、その表情には微塵(みじん)の達成感も存在していなかった。

なぜなら、属性〝お花畑〟とは、現実を捻(ね)じ曲げて『望む場所の、望むモノに、望む花を咲かせる』という異様な現象を司っている属性……つまり、この現象は彼にとって実に基本的な技術に過ぎないからである。

その使い手の性格と名前による先入観のせいで見落とされ続けていたのだが、クーデルスの能力の本質は生命の支配。その異常性はまさに魔族の重鎮たりえる代物だったのだ。

この悪夢か冗談にしか聞こえない恐ろしい属性にわざと〝お花畑〟という名を与え、クーデルスを善良で小市民的な性格にみせかけた犯人こそ、先代魔帝王。今は亡きその存在は、実に性質の悪い詐欺師であった。

翌日……爽やかな森の朝。だが、今日の森の中には異様な代物が鎮座していた。それは一見して白い蘭の花に見えることだろう。しかし、それを的確に表現するには少し言葉を足す必要があった。

まず、アツモリソウという花をご存じだろうか？　花弁の一部が袋のような形になった蘭の花だ。

森の中に、そのアツモリソウが一輪咲いている。もっとも、アツモリソウが咲いているだけならば特に異様でも何もない。だが、その大きさが尋常ではなかった。

膨らんだ花弁でできた袋は大人一人がすっぽりと入ってしまうほど大きく、おまけに袋の中は綿状の繊維でいっぱいになっているのである。

もしもここに誰かがいたならば、その花を見て一〇人中九人は寝袋を想像するに違いない。

なお、残り一人は耄碌していたるか、目が見えない人を想定した話である。

ふと、そんな寝袋の花から、肌色をした何かがにょっきりと生えた。人の腕。しかも鍛えられた男の腕だ。その腕は周囲をまさぐると、そこに置いてあった黒縁の眼鏡を摑み取る。

「ふぅ……もう朝ですか」

そんな声と共に寝袋の花から出てきたのは、クーデルスであった。しかも、裸である。

とはいえ、別に彼がやましいことに耽っていたわけでも、野生に還ったわけでもない。

寝る時に大量に汗をかくため、そのにおいと汚れが一枚しかない服にうつるのを嫌ったただけである。

農作業で鍛えられた体を惜しげもなく森の空気に晒すと、彼は地面に手をついて魔術を解き放った。

「咲き乱れよ」

その瞬間、地面を突き破って一輪の巨大な花が姿を現す。今度の花はまるでボウルのような御椀形をしており、やはり成人男性としてはやや大柄なクーデルスがすっぽりと入るほどの大きさであった。

そして待つこと数秒。ポコポコと音を立てて花の中に透明な液体があふれ出す。

もはや、そんな花は誰も知らない。原形がなんの花であるかを想像することすら難しいだろう。

クーデルスが属性〝お花畑〟の魔術で作り出した都合のいい植物の異常体としか言い表す言葉が存在しない。

あえて近いものをあげればチューリップだろうか。それでもかなり無理があるが。

「そろそろ、いい頃合ですかね」

やがて液体が十分な量に達すると、彼はハァーと風呂に入るオッサンのような声を上げながら、その液体の中に体を浸した。そして生ぬるい液体の中で体をこすると、垢を落としながら寝汗にまみれた体を気持ちよさそうに清めてゆく。

「ふぅ、やはり朝一番はこうやって身を清めないと気持ち悪くて仕方がありません」

コキコキと首と肩を鳴らし、ため息をつきながら風呂で寛ぐ姿は、正しくオッサンであった。

沐浴を終えると、彼は寝袋の花の近くの枝にかけて干しておいた布地を手に取り、腰に巻きつける。

そしてささやかな文明を取り戻すと、今度は少し離れた茂みの中をまさぐり始めた。

「うん、いい具合に冷えてますね」

そんな言葉と共に取り出されたのは、椰子の実によく似た大きくて硬い果実。クーデルスはその果実の一部に杭を刺して穴をあけると、その中身を美味しそうに飲み始めた。

椰子の実のジュース？　否。あたりに漂うのは酒のにおいである。正しくは冷えた生ビールのにおいだ。

おわかりだろうか、この中年男……冷えた生ビールの入った実をつける魔法植物の花を昨日のうちに植えつけておいたのである。

なんという技術の無駄遣い。しかも朝っぱらから酒。とてもサバイバル状態にあるとは思えない行動だ。

「さてと、ご飯ご飯」

朝の沐浴を終えたクーデルスだが、今度はウツボカズラによく似た植物の葉の中から昨日のうちに仕留めておいた小鳥を取り出すと、鼻歌を歌いながら朝食の準備を始めた。

捕獲された鳥はすでに消化液によって羽毛などが処理されているだけでなく、酵素によって肉は柔らかく、さらに食欲をそそるスパイシーな香りまでつけられている。

料理人が見たら、嫉妬するか怠惰と誹（そし）るかに分かれるであろう光景だ。まず、間違いなく褒めない。

あとは風呂に使った花をもう一度咲かせて水を確保し、内臓を綺麗（きれい）に洗い流して、金属製の花でできた鍋に放り込む。

火花を散らす不思議な花で薪（まき）に火をつけ、地中から塩分を吸い出して葉の表面に浮き上がらせる性質をもつ野菜を追加し……と、〝お花畑〟属性の魔術を駆使すること三〇分。

「うーん、今日もご飯が美味しい」

場末の宿などよりよほど上等な食事を作り出すと、クーデルスは美味（うま）そうにそれを平らげ、生ビールの実をひとつ追加する。

……自堕落。見た限りこれほど似つかわしい言葉も他にないだろう。

これが故郷を着の身着のままで放り出された男の姿だと、いったい誰が思うだろうか？

とはいえ、彼の力も万能ではない。主に衣服などを中心とした生活必需品に関しては、できるだけ早く入手する必要があった。

朝食を終え、寝床や風呂にしていた自堕落生活応援植物の数々を土に還すと、クーデルスは太陽の角度から方角を割り出し、南へと向かって歩き出す。

目指すは、人間の集落。別にそちらに村落があるという保証はどこにもないが、魔族の住む地域は大陸の北側にあるため、南にゆけば少なくとも魔帝国に戻る可能性は少ないからである。

そして歩くこと一時間あまり。

「……道だ」

獣道を踏み越えた先に、明らかに人の手を感じるむき出しの地面が現れた。ようやく人間の生存圏にたどり着いたことに、クーデルスは思わず目を閉じ、胸に手を当てたまま空を見上げる。

とても感動的ではあったが、生憎と魔族である彼に感謝を捧げる神はいない。

「すばらしい！　ここから私の恋が始まるのですね！　最初に出会う人……そう、私の運命の相手は、どんな方でしょうか。森の中で薬草を求め、獣に襲われてしまう哀れな少女？　それとも、お忍びで旅をしている途中で、盗賊に扮した敵国の騎士たちに襲われる気丈なお姫様？　ふふふ、戦いは好むところではありませんが、未来のマイハニーのためならば、私がんばっちゃいますよ!!」

ようやく人の気配に触れ、舞い上がったクーデルスの脳内お花畑はいい感じに回転し始める。顔をほんのりと赤く染め、ピンク色の妄想に耽りながら寂れた森にたたずむ中年男の姿は、控えめに言ってかなり不気味だった。

さぁ、気合を入れ直して歩き出そう。

あとどれだけ歩けばすむかはわからないが、人間の生存圏は確実に近づいているのだから。

そう心の中で呟きながら、彼が一歩を踏み出したその時である。

「おい、そこのオッサン。命が惜しかったら、おとなしく金目のものを出しな！　……って、なんだよ、その……見ているこっちが申し訳ない気分になるほど残念そうな面は!!」

彼の記念すべき運命の相手は、刃物を持った小汚いオッサンであった。


そして数日後。

「あばよ、オッサン。いい飼い主に恵まれることを祈るんだな。まぁ、その歳じゃロクな買い手がつかないとは思うけどよ」

盗賊の男はそんな捨て台詞を残すと、奴隷商人から金を受け取ってクーデルスの隣から去っていった。

「えっと、もしかしてこれは奴隷というやつでしょうか?」

隣に立つ、奴隷商人の手下らしい目つきの悪い男に話しかけると、相手は『こいつ頭大丈夫か?』と言わんばかりの表情で口を開く。

「妙なおっさんだな。奴隷以外の何に見えるってんだ?」

「いえ、奴隷以外には見えないから聞いてみたんです。多少なりとも救いがあればいいなーと」

ハハハと乾いた笑いを浮かべるクーデルスを訝しげに眺めつつ、その目つきの悪い男はフンと鼻を鳴らして鍵を取り出した。

「……変なことを言う奴だな。おい、誰かに見られる前にこっちに来てもらおうか」

奴隷商人の手下は、持っていた鍵でクーデルスを繋留する金具を外すと、彼を建物の奥へと連れていった。

人目をはばかるところを見ると、どうやらこれは正規の手続きによる奴隷ではないようである。

そして入った建物の中は、酷(ひど)く薄暗い場所であった。

しかも体臭と糞尿(ふんにょう)の染みついた空気は突き刺さると表現したほうがよいほどの異臭を帯びており、クーデルスは思わず花畑を呼び出してにおいの元を駆逐してしまおうかという衝動に駆られる。

「おい、いくら酷いにおいだからって倒れるんじゃねぇぞ。倒れたら、そのままこの汚い床の上を引きずってゆくからな」

「よ、よく平気で息をしてられますね」

そんなクーデルスの言葉に、牢屋番(ろうやばん)であるこの男はヘッと皮肉げな笑みを浮かべた。

「……俺は生まれつき嗅覚がねぇんだよ」

なるほど、一般的には障害といわれるような体質も、このような場所では有利に働くようである。

「ところでつかぬことをお伺いしますが」

「却下だ。黙ってついてこい」

クーデルスの度重なる質問にうんざりしたのだろうか、目つきの悪い男はそう吐き捨てて歩き出した。

「とても大事なことなんです！」

「勝手にしゃべるな。自分の立場をわきまえろ」

なかなか歩き出さないクーデルスに、男は苛立（いらだ）った表情で振り返る。

だが、そんな男の怒気にも怯（ひる）むことなく、クーデルスは真剣な表情で問いかけた。

「奴隷市場にも、恋の出会いはあるでしょうか？」

「ぶふぉっ⁉」

クーデルスの言葉が妙なところに入ったのだろう。男はそのまま激しく咳（せ）き込んだ。

「大丈夫ですか？」

「ゲホッ、ゲほっ、大丈夫じゃねぇのは、テメェの頭だ！　奴隷市場に男女の出会いを求める馬鹿がどこにいる！」

残念ながら、その例外は彼の目の前に存在していた。現実とはあまりにも無情である。

「いやぁ、とりあえずここに」

男は無言でクーデルスの脛（すね）を蹴り上げたが、蹴られた当人は涼しい顔であった。

それどころか、蹴った足のほうがジンジンと痛い。風采の上がらない容姿をしていても、元は魔帝国の四天王……クーデルスの体は、まるで鉄でできているかのように頑丈だった。

「このっ……バケモノが‼」

「いやぁ、そんな風に褒められると照れますねぇ」

「褒めてねぇよ‼　いいか、お前はもうしゃべるな！　くそっ、あの野郎……とんでもない馬鹿を売りつけやがって!!　いいか、次にしゃべったら、ただじゃおかねぇぞ!!」

とはいえ、どうやったらこの無駄に頑丈な馬鹿をギャフンと言わせられるかについては全くアイディアが浮かばない。

――素足で小石を踏みやがれ!!　心の中でそんな泣き言を言いながら、虚勢を張るのが精いっぱいである。

その後も懲りないクーデルスは何度も話しかけるのだったが、目つきの悪い男はその一切を無視する作戦に出た。

どうやらこの作戦は効果があったらしく、しばらくするとクーデルスはしょんぼりとした顔でおとなしく男の後ろを歩き始める。物理的攻撃には強くとも、精神的攻撃にはあまり強くないらしい。

無視されて寂しげにスンスンと鼻を鳴らすクーデルスの様子に、目つきの悪い男は少しだけ溜飲(りゅういん)を下げると、牢獄の並ぶ通路の一角で足を止めた。

「おい、止まれ。ここがお前の部屋だ」

「え？　ここですか？　ベッドもないし、トイレが外から丸見えなんですけど」

与えられた部屋を見た瞬間、クーデルスの顔が困惑に染まる。

「はぁ？　お前、ここがホテルの一室だとでも思ってんのか！　馬鹿が」

しごく当たり前の返事をしたつもりだが、クーデルスは返事のかわりに首をかしげた。

「でも、奴隷ってここの売り物ですよね？　売り物なのに、なんで状態を悪くしようとするんです？　商売の基本がなってませんよ、これ」

　鉄格子の向こうにはトイレ用の壺（つぼ）と寝そべるための筵（むしろ）があるだけで、とても清潔で健康的とはいえない状態である。

「そ、そんなこと、俺が知るか！　なんだよ、見ているこっちが悲しい気分になるほど残念なものを見る目は!!」

　クーデルスの素人意見に、目つきの悪い男はあからさまにうろたえていた。これが彼の主人である奴隷商本人であれば反論はいくらでもできるのだろうが、商売のことをほとんど知らない彼がクーデルスの問いに答えられるはずもない。

「とりあえず中に入れ」

「いやです」

　鉄格子のドアを開けてクーデルスに入室を促す目つきの悪い男だが、クーデルスは頑としてそこを動かない。力ずくで押し込めようとしても、まるで石造りの床に根を張ったかのようにクーデルスの体はビクともしなかった。

「テメェ、いい加減にしろ!!　入れって言われたら、さっさと入りやがれ！」

「いやです」

　腹立ち紛れに尻を蹴り上げても、痛いのは自分の足だけである。

　うずくまって自分の足を押さえながら、目つきの悪い男は考えた。

――あの盗賊野郎がどうやってこのバケモノを捕まえたかはわからないが、それができた以上は何か弱点があるはずだ。

少なくとも肉体的なものでは敵いそうにはない。では、精神的な方法？　いや、違うな。

この一見真面目な面をしたお花畑野郎の弱点は……こいつだ‼

「そういえば、あの部屋の隅に、前の住人が描いたエロい落書きがあってな」

その瞬間である。クーデルスは風のような速さで部屋の中に踏み込んだ。

「あれ？　絵はどこですか⁉　って、あっ、なんでドアを閉めるんですか？」

「三日後にオークションがある。それまでそこに入っていろ。脱走なんか考えるんじゃねぇぞ」

鉄格子のドアにしっかりと鍵をかけると、目つきの悪い男はスッキリした顔でその場を後にした。

第二章……迷える蝶とお花畑

そしてクーデルスが奴隷商館の牢獄につながれ、囚われの身となってから数日。

この牢獄に悲鳴の聞こえない日は一日も存在しなかった。

しかし、別にクーデルスに対して拷問が行われているわけではない。

「あぁぁぁ、またクーデルスが逃げやがったぁぁぁぁぁぁ！」

「回り込め、きっと奴はまた女奴隷共のところだ！」

今日も牢獄を管理する守衛の男たちは悲鳴を上げつつ駆けずり回る。

それというのも、クーデルスが毎日のように牢獄の鍵を壊して外に出てしまうからであった。

むろん、鍵も無料で直してもらえるわけがなく、精密な工作を必要とするだけあって、鍵というものは意外と値が張るのだ。しかも、人を閉じ込めておくものだけに簡素な安物は使えない。

もはや壊れた鍵の代金だけでもクーデルスを買い取った金額に追いつく勢いである。

なお、クーデルスの脱走を阻止できない状態ではオークションに出せるはずもなく、先日のオークションにクーデルスを出品する話はあっさり流れた。当然ながら、このままでは採算が取れない。

そんなわけで、クーデルスを買い取った奴隷商人は、早々にクーデルスを同業者に押しつけるための検討をしているらしい。もっとも、当の本人はそんな事情など知らぬ顔で、この購入者にとって悪夢のような奴隷ライフを心から楽しんでいた。

なぜなら……ここには観賞用や娯楽用の美人奴隷が寝泊まりしていたからである。

彼女たちの存在を嗅ぎつけたクーデルスは、いかなる手段をもってしてかこの商館を警護する守衛たちの目をやすやすとかい潜り、大量の花をかかえて彼女たちに向かってこう叫んだのであった。

「クーデルス・タート、よんひゃ……じゃなくて、四二歳！ 独身です！ どなたか私とお付き合いしてくださる方はいらっしゃらないでしょうか!?」

当然ながら、誰も反応しなかったのは言うまでもない。だが、彼の心は折れなかった。

それからというもの、彼は毎日のように自分の部屋を抜け出して、美しい女奴隷たちの下を訪れるようになったのである。

そんなわけで、今日もクーデルスに与えられた部屋では、鉄格子でできた扉がキィキィと悲しげな音を立てて揺れていた。

鍵である部分がごっそりと削れ、床に鉄でできたキンセンカの造花が転がっていることで、何があったかはお察しである。

なお、キンセンカの形を選んだのは、この花の花言葉が「寂しさ」であり、クーデルスの心情をこっそりと反映させた遊び心なのだが……。守衛たちにそれをわかれと言うのは、かなり酷な話である。

さて、その頃……この騒ぎの元凶であるクーデルスはというと、美しい緑の庭園を、両手いっぱいにヒマワリの花束を抱えていそいそと歩いていた。

「あら、クーちゃん。お出かけかい？」

そう声をかけたのは、この奴隷商館で食事の用意を担当している女中たちである。

この屋敷に来たその日の夕食にクーデルスが猛烈な抗議をしたことがきっかけで、今ではこうして気軽に話ができるようにはなったのだが、どちらにも恋愛感情の気配は全く感じられない。

「はい、今日はヒマワリで決めてみました！　花言葉は〝貴女(あなた)だけを見つめている〟です!!」

ヒマワリの花を両腕に抱えたまま、眼鏡の中年男がにっこりと微笑(ほほえ)む。だが、自信ありげな彼の笑顔に対し、女中たちはそろって否定的な表情を作った。

「えー、それちょっと重すぎない？」

「あと、貴女だけとか言いながら、みんなに配るんでしょ？」

「あら、最低。それは誠意がなさすぎて幻滅だわ」

女中たちは庭の野菜を収穫する手を止めもせずに、クーデルスの心に次々と〝遠慮のない意見〟という棘(とげ)を刺す。

「……しまった、それは計算外でした。この私としたことが」

ショックを受けたクーデルスの腕から、ヒマワリの花束がバサバサとこぼれ落ちた。

落ち込むクーデルスを他所(よそ)に、女中の一人がすかさず「あらあら、もったいないわねぇ……」と言いながら、その落ちたヒマワリを拾い上げて井戸水の入ったタライに活ける。

おそらく何度も同じことを繰り返したのであろう、妙に手馴れた動きだ。

「それ……差し上げます。あぁぁ、次の花をすぐに用意しなければ」

地面に落ちたヒマワリをそのままに、クーデルスは懐から取り出した花言葉の辞典をめくる。

ちなみに、これは女中の一人が若かりし頃に作った手書きの辞書であり、〝お花畑〟魔術で作った野菜と引き換えにもらったものだ。

今まで花については育てるか利用することしかしてこなかったクーデルスにとって、花言葉という存在はかなりの衝撃だったらしく、最近の彼はすっかりこの詩的な世界に没頭している。

「にしても、クーちゃんも毎日マメねぇ。でも、あそこのお嬢さんたちはみんな訳ありだからやめといたほうがいいわよ？　気位が高いし、お金と地位にしか興味ないし」

「ええ、でも私は彼女たちが好きなんです。一人だけでも、私のことを気に入っていただけたら嬉しいんですけどね」

キラキラと目を輝かせるそれは、まるで思春期を迎える前の少年のようで、大人の男がやるには少々滑稽であった。その違和感に、女中たちは苦笑いを浮かべる。

「やだ、クーちゃんったらダメねぇ。そんなこと言っていたらいつまでたってもモテないわよ？　恋っていうのは、そういうものじゃないの」

「そうそう。色んな人に目移りして誰でもいいって言っているうちは、それはただの遊び。その人じゃなきゃ嫌だって思った時、初めてそれが恋だとわかるのよ」

「口説くのなら、せめて本当に好きな人が決まってからにしなさい。じゃなきゃ、女は男の心を見透かしてすぐに離れてゆくわよ」

「……そんなものですか？」

彼女たちの助言にクーデルスは首をかしげ、女中たちはダメだこりゃと言わんばかりにため息をついた。

「そんなものというより、もともとそういうものよ。たぶんね、クーちゃんは本当の恋をまだしていないからそんなことが言えるのよ」

クーデルスが誰かを好きになったというのではなく、単純に恋をしてみたいだけであることは、誰の目にも明らかである。

このままでは、酷い女に引っかかってどんな火傷(やけど)をするか心配で仕方がない。そんな彼女たちの心配を他所に、クーデルスは花言葉の辞書を閉じる。どうやら次の花をどうするか決めたようだ。

「ご心配ありがとうございます。お言葉ですが、一応は一人だけ他とは違う何かを感じる人がいるんですよ」

「……おや、誰だい、それは？」

野暮だとはわかっていてもついたずねてしまい、女中は思わず苦い顔をする。

だが、そんな彼女たちを他所に、クーデルスは迷いなく一人の女性の名を告げた。

「アデリアさんです」

「……え」

その瞬間、女中たちの顔が凍りつく。

なぜならばそれは、この国で今や一番の悪女と話題の少女。かつてはこの国の王太子の婚約者であり、今は見せしめのために奴隷としてこの商館に閉じ込められている女の名前だったからである。

その頃。雲ひとつない青空を睨(にら)みつけ、一人の少女が心の中で呪いの言葉を呟いていた。

いっそ――全てが不幸になればいいのに。

もしも視線に色があるのなら、この空を黒く塗り潰してしまいたい。

もしも怒りに熱があるのなら、この国を丸ごと灰にしてしまえばいい。

だが、いくら憎しみをこめて睨みつけようとも空は青いままで、外には楽しげに歩く男女が笑い声を上げている。なんて不条理な。この私がこんなにも不幸せであるというのに、私の外の世界はこんなにも楽しくて幸せそうなものが満ちあふれている。

そんなことを考えていると、視界の隅から何か黄色いものが差し出された。薔薇(ばら)だ。

それは黄色い薔薇の中に一本だけ赤い薔薇の交じった花束であった。

黄色い薔薇の花言葉は『嫉妬』、恋人に贈るならば『恋に飽きた』という意味があるが、面白いことに一本だけ赤い薔薇を交ぜると「諦めない心」という意味となる。

なんとも複雑で誤解を招きかねないメッセージだが、この場合は悪くない。自分のようにありきたりな口説き文句に飽きた相手ならば、心憎い口説き方で通る、むしろ粋なやり方だろう。そして、今の自分にこんなまねをするような奴は一人しかいない。

「また、お前なの？」

「はい、また私です」

返事をしたのは、黒縁眼鏡をかけた中年男だった。背は高く、長い前髪でほとんど隠れてはいるものの、穏やかで濃いめの顔立ち。身につけているローブのせいで体型はよくわからないが、肩幅は広く、少なくとも腹は出ていないようである。見てくれとしてそう悪くもないはずなのだが、なぜか全体的に冴（さ）えない。

「帰りなさい。お前の相手をするほど私はヒマじゃなくてよ」

そんな冷たい台詞を叩きつけるも、彼女——苗字もミドルネームも失ってただのアデリアとなった少女は、目の前で片膝をついて花束を差し出しているこの男のことが嫌いではなかった。凡庸な雰囲気は彼女に緊張を強いず、優しくて穏やかな言葉遣いはむしろ安堵（あんど）を与え、そして何よりも彼女を好奇心や奇異の目で見ないからである。

「おや、それは失礼。もしよろしければ、何をなさっていたのかお伺いしても？」

——お前には関係ない。そう言いかけて、彼女はふと考え直した。

そして毒と皮肉たっぷりの笑顔でこう答えたのである。

「自らの不幸を呪い、人類と世界の破滅を願う作業よ。わかったら、早くここから出てゆきなさい」

――なんと忌まわしくも呪わしい。普通の人間であれば、さすが希代の毒婦よ……と言い捨てて去ってゆく台詞である。おそらく彼女もそれを期待しての台詞であったのだろうが、困ったことに目の前の男は魔族であった。しかも、先日まで四天王の一角を担っていたほどの男だ。

「あぁ、それは大切なお勤めですね。お疲れ様です」

「……馬鹿にしているの？」

期待はずれの言葉に、アデリアは酷く機嫌が悪そうに眉をピンと跳ね上げる。

しかし、クーデルスは言葉の意味がわからないとばかりに僅かに首をかしげると、困惑した表情を浮かべた。

「まさか。そんな感じに見えますか？」

「そうね、見えないわ。むしろお前の顔が馬鹿って感じね」

そう告げながら、アデリアは自分の言葉がツボに入ってしまったのかプッと噴き出す。彼女が笑ったのと同時に、暗く陰鬱な空気が少しだけ緩んだ。クーデルスはそのまま微笑みながらしばらく笑い続ける彼女を見守ると、花束をテーブルに置いてアデリアの目をまっすぐ覗き込む。そして低く柔らかな声でたずねた。

「何をそんなに憎んでいらっしゃるのです？」

その瞬間、アデリアは心地よい夢から無理やり引き剝がされたかのように眦を吊り上げ、悪意と敵意の混じった凄絶とさえ思える笑顔をクーデルスに向ける。

「何を憎む？　ふざけないで。その理由を知らないものは、この国にはいないわ」

だが、クーデルスは困ったように頭を掻く。なぜなら、彼は本当にその理由を知らないからだ。

「いやぁ、実は私……数日前までこの国からずっと離れたところにいたもので、本当に知らないんですよ」

そう答えられると、アデリアも強く彼を責めることはできない。

「あら、そう。思い出したくもないけど、知りたいのなら教えてあげるわ。どうせ、この国の人間ならみんな知っている話だもの」

そう告げると、彼女は過去を嚙み砕くかのように歯を食いしばり、椅子の背に体を預け、天を呪うように睨みつけながら語り出した。

彼女の、この国で知らぬものはいないほど有名な、そして忌まわしい過去を。

「私はもともとこの国の公爵家の娘、そしてこの国の王太子の婚約者だったわ。だから子供の頃から厳しく躾けられ、王妃として国のために尽くすべくさまざまな教育を施された。自由なんかない。王子の伴侶であることが私の存在意義で、それ以外に私の価値なんてなかったのに……ある日、学園でこの国の未来を担うべく学んでいた私たちの前に、あの山猿女が現れたのよ！」

血を吐くような声と共に彼女が罵ったのは、今の王太子の恋人といわれる男爵令嬢のことである。

平民育ちであるその男爵令嬢は、貴族としてふさわしい礼儀作法を何も知らず、知らなかったという理由で決まりを無視し、しかも周囲が貴族社会のあり方を諭したところで「そんなのおかしい」「人はみんな平等のはず」と言って平然とした顔で否定した。

だが、少なくともそれは、爵位をもつ家に生まれ、その爵位の恩恵で学園に入学した者が口にしてよい言葉ではない。まさに大衆にとって都合のいい、衆愚の思想に脳髄まで侵されたかのような言葉だった。

しかもその男爵令嬢は、学園に通っていた他の顔が良くて優秀な男子生徒たちを言葉巧みに籠絡し、親しげに振る舞い、彼らのことを取り巻きのように扱ったのである。当然ながら、その男子生徒にも婚約者はおり、女生徒たちの心は荒れに荒れた。

しかも、彼女が現状を憂えて何か行動を起こそうと考えていた矢先である。よりにもよってだ……王子にしてアデリアの婚約者であった男がだ、王政と貴族社会の敵でしかない、山猿のような女と恋に落ちたのだ。

彼曰(いわ)く「王子ではなく、一人の男としてみてくれるのは彼女だけ」とのことなのだが、それもまだ許せた。

愛人の存在を認めるだけの度量がアデリアにはあったからだ。

悔しくて情けないとは思うものの……王もまた一人の人間であり、その弱さを埋める人間が必要だという教育を受けていたし、王族としての義務を忘れなければそのぐらいの自由はあってもよいと思ったからである。

だが、次第に王太子はアデリアと距離を置くようになり、ある日のこと……アデリアの耳に届く場所でこんな台詞を口から滑らせてしまったのだ。

――アデリアではなく、君を王妃にしたい。

その日、その瞬間から、彼女の心に地獄が生まれた。

「その後はご想像の通りよ。あの山猿女に恨みを持つ連中に声をかけて、徹底して弾圧してやったわ」

鬼畜の所業にもかかわらず、楽しそうに語るその表情からは、後悔など微塵も感じられなかった。

いや、実際に楽しいのだろう。憎いあの女の服を引き裂いてやった時の爽快感。階段から突き落としてやった時の、絶望に染まる顔。思い出すだけでなんと甘美な愉悦、なんと仄暗い歓喜。

今となっては、なぜあの女の体にナイフを突き立ててゆっくりと苦痛を味わわせながら殺してやらなかったのか、不思議でならない。そうすれば、こんな結末はなかったのに。

婚約者を誑かす悪女を成敗するという正義と名分が、あの時はあったはずなのに。

まるで歌姫のように美しい声で凄惨な悪意を語りながら、アデリアは過去に行った悪鬼の所業をまぶたの裏に夢見る。

美しい人の顔をしていても、彼女の心はすでに醜いバケモノへと成り果てていた。

「なるほど。ですが、なんで相手を追い詰めていたはずの貴女が、奴隷商人のところなんかにいるんです?」

クーデルスがふとそんな疑問を口にすると、アデリアの顔が一瞬にして怒りに染まる。

あぁ、魔女の顔だ。復讐を代償に、悪魔に魂を売り渡したモノの成れの果てがそこにあった。

「誰かが王太子に告げ口したのよ。私が中心になって、あの山猿女を虐待しているって。それで最後には、王太子が出てきてお前のような残酷な女は王妃にふさわしくないと言い出したのよ」

そしてことの全ての責任をアデリアの人間性に押しつけ、彼女は公衆の面前で婚約を破棄されたのだ。しかも、その時すでに憎悪に狂った彼女は本当に王妃にふさわしい矜持と振る舞いを失っていたのである。

「権力と体面を気にする父は、王太子から婚約解消を言い渡されたことに怒り狂ったわ。そして私を勘当し、知り合いの奴隷商人に売り飛ばした。……というのが、巷で流れている物語の顚末よ」

なんとも無慈悲な顚末に、クーデルスは顔をしかめる。

彼女を勘当するまでは、それでもまだありえる範囲内かもしれない。だが、修道院ではなく奴隷商人に売り飛ばすとは……親子の情がないのだろうか？

「それにしても解せませんね。婚約者のある男と親しくすれば、それは立派な罪です。今の話が本当ならば、向こうが投獄されてしかるべきでしょう？」

「それをどうにかしたのよ、あの山猿女。どうせあの女に引っかかった馬鹿な男が、点数稼ぎに手を回したんだと思うけど」

　今となっては全てが憶測でしかないが、おそらく真実からもそう遠く離れてはおるまい。

　たしかなことは、相手が大貴族相手の罪をもみ消すほどに社会的な基盤を築き上げているということだ。

「厄介な人ですねぇ」

　クーデルスはしみじみと呟く。魔帝国の重鎮として長く生きてきただけあって、似たような人物にも何度か遭遇したことがあるが、その手の人間はえてして社会を大きく掻き回すのだ。

　それは時に革命家と呼ばれ、『心地のよい言葉』という毒で周囲も自分も染め上げる。

「ええ、厄介よ？　か弱くて健気なフリをして、男を味方につけることだけは抜群にうまいから」

「酷い話です……」

　そんな人物を王妃につけて、この国はどこへ行こうというのだろうか？　クーデルスが遠い目をしたその時である。

「いいえ、酷いのはこれからよ」

　アデリアの自虐的な微笑みに、クーデルスは眉をひそめた。

「まだ何かあるんですか？」

「あの山猿女、私が変な貴族に買われたら可哀想……という名目で、私がオークションに出されても誰も買わないよう、周囲に根回ししたのよ。ええ、ただ〝買わないように〟とだけね。

それがどういう結果になるかわかる？」

まるで試すような言い回しをするアデリアだが、クーデルスはすぐにその意味を悟る。

「……あ。それは酷い」

それはまるで、天使のような顔をした悪魔の所業であった。問題はこの〝オークションに出すな〟ではなく〝誰も買うな〟というところである。

「そうよ。奴隷であるからにはオークションには出されるわ。こんな風にね」

彼女は立ち上がって道化のような仕草で一礼し、高々とオークションの口上を歌い始めた。

さぁ皆様、次は本日の目玉商品です。

誰もがご存じの、この国一番の悪女をお目にかけましょう。

知らない方はいらっしゃらないと思いますが、この女はこの国の王妃となる方を害し、王太子殿下の心を無理やり自分に繋ぎ留めようとしたとんでもない悪女でございます。

そう、本来ならば奴隷として家畜以下の扱いを受けるべき存在なのです。

ですが、心優しい未来の王妃様はこうお望みになったことをご存じですか？

労働を知らぬ高貴な身分であったこの女を牛馬のように扱うのはむごすぎる。

だから、誰も買わないであげてほしい。

ですが、私も売れてもらわないとお給料がもらえません。

だからこの悪女が売れるよう、一生懸命がんばらせていただきます。

さぁ皆さん、覚悟してくださいね！

では、入札を開始します。まずは無料から。

おや、誰も入札しない？　持ち合わせがないなら、物々交換でもいいですよ？

そう、あなたのはいている穴開きの靴下なんかどうでしょう？

「……と、ここで観客は大爆笑よ。そんな感じでさんざん人を笑いものにして、最後はこう結ぶの。みなさんお優しいですねぇ。いやはや、今回は私の負けです。では、またまた売れ残ってしまった悪女とは次のオークションでお会いしましょう！」

要するに、見せしめであり見世物だ。

多くの不満を抱える人間に、自分よりも下の人間がいるということを示してやるのである。そして民衆は彼女に慈悲という綺麗な石を投げつけて、ニヤニヤと笑いながら自らの不満を慰めるのだ。

実にうまいやり方で、実に残酷なやり方である。

魔族としてさまざまな悪行を見ていたクーデルスさえ、その陰湿さに声も出ない。

あまりのことにしばし沈黙していると、アデリアはふと何かを思いついたかのようにこんな言葉を口にした。

「ねぇ、お前……私のことが本当に好きなの？」

その言葉に含まれる甘い毒に、クーデルスの心臓が跳ね上がる。

たかが一七歳の小娘といえど、アデリアは美しく、そして女の魔性を十分に持ち合わせていた。

四〇〇歳を超えた魔族とはいえ、自称恋愛初心者のクーデルスにとって、この刺激はあまりにも強すぎる。

「あ……はい。貴女といると、あの……なんというか、胸がドキドキします」

「じゃあ」

顔を赤らめてかすれた声を上げるクーデルスの耳元に唇を寄せ、アデリアは優しくキスをするような仕草でこんな言葉を囁(ささや)いた。まるで聖書に登場するヘロディアの娘、サロメのような笑顔を添えて。

「あの王太子と野猿女を殺してちょうだい。この商館の守衛共を出し抜いて無傷でここまで来ることができるお前なら、きっとできると思うわ。もしも、あの酷い王太子と野猿女を殺してくれるというのなら、お前を受け入れてあげてもよろしくてよ？」

ゾクリ……と、クーデルスの耳から全身に悪寒が走る。

その甘い台詞は、二世代の魔帝王に仕えた男をもたじろがせるほどに、深い闇と悪意をはらんでいた。

「ほ、本気ですか？」

「冗談よ。真に受けないで」

まるで仏像のようにあいまいな笑みを浮かべるアデリアだか、あれだけの色を声に纏わせておいて、本気でないはずがない。だが、それを問いただすことは許さないとばかりに冷たく微笑みながら、彼女は部屋から出てゆけと視線で促す。

しかし、クーデルスはすぐには動こうとせずに彼女にたずねた。

「なぜ、そんなにその人が憎いんですか?」

「憎いわよ。当たり前でしょ」

だが、クーデルスが納得した様子はない。

しかし、アデリアとしてはそう答えるしかなかった。

すると、クーデルスはしばし考えた後に、彼女に向かってこうたずねたのである。

「もうひとつだけ聞いていいですか?」

「……何よ」

「もし、その王太子が自らの振る舞いを心から悔いていたら?　その野猿女を捨てて、貴女の前に跪(ひざまず)いて許しを請うならば、貴女はどうしますか?」

クーデルスの口から飛び出した言葉は、あまりにも彼女の想定を超えていた。

「……ありえないわ」

否定する魔女の声が、僅かに揺らぐ。

「もしもの話ですよ。もしも、そんなことが現実にやってきたら、貴女はどうしますか?」

「そんなの……」

唇はその動きを止め、舌は言葉を紡がない。

そのまましばし、彼女は沈黙する。

「絶対に許さないに決まっているじゃない」

彼への憎しみは本物だ。それだけは間違いない。

だが、その台詞が出てくるまでに生まれた三秒という長すぎる時間——その不自然な時間の意味を、彼女は自分にも説明できないでいた。

そして、自分の部屋に戻ったクーデルスはというと……。

「没！」

クーデルスが叫んだ瞬間、ポンと音を立てて不気味な触手の塊が弾(はじ)けた。そして弾けた触手は色とりどりの花になる。

そして、いったいどれだけ同じことを繰り返したのだろうか？　その部屋には色とりどりの花びらが絨毯(じゅうたん)のように敷き詰められていた。ただし、この絨毯……ウネウネと動く。

「うーんやっぱり難しいですねぇ」

便秘の熊のような声でウンウンと唸(うな)りながら、彼がいったい何を悩んでいるかというと——王太子とその恋人を殺してくれ……と、アデリアが囁いた後から、ずっと彼はその望みをかなえるべきかどうか考え込んでいた。

殺すべきか？　代替の方法をとるか？　それともアデリアをいさめるか？

普通であればそんなことを考えているであろうと予想されるが、人ならぬ魔族の、しかも飛びっきりの変わり者である彼がまともなことを考えているはずがない。

そして、唸り声を上げている彼の手の中で、またひとつ触手の塊が生まれた。吸盤のついた赤黒い触手のようなそれは、まるで何かを訴えるかのように地面に落ちてぐねぐねと不規則に這い回る。

その様は、海にいるタコという生き物にとてもよく似ていた。しかも、まだグネグネと元気にうねっているのだから始末が悪い。いや、それどころか千切れた断面から糸を引く粘液を撒(ま)き散らし、延々と床を汚し続ける有様である。

ちなみに……クーデルスが考え事をすると、決まってこの奇妙な触手が大量に現れるのだ。

そんなものが大量に蠢(うごめ)く場所に近寄りたい者がいるはずなく、クーデルスを監視する役目を与えられた守衛の男たちは、そろってこの状況を遠巻きに見ている。

いや、この状況を見守っているのは守衛たちだけではない。

「おい、お前らあいつの見張りだろ！　今すぐあの不気味な遊びをやめさせてくれ！　それが無理なら、別の部屋に移動させてくれ!!」

とうとうクーデルスの隣の檻(おり)にいる住人からもクレームが入った。

だが、守衛の男たちは不安げな表情でそれを無視する。

そんな真似をすれば、上司からの評価が下がるのがわかっているからだ。

いや、それならばまだマシかもしれない。

――監視対象が、地魔術で不気味な触手と蠢く花びらを撒き散らしているので、隣の住人を別の部屋に移動させます。

すると、上司はこう答えるだろう。

——では、その監視対象に触手を作るのをやめさせろ。

だが、それはすなわちこの触手の蠢く魔境に足を踏み入れるということだ。

当然ながらそんな勇気はないし、絶対に嫌である。

そんな状況に追い込まれるぐらいなら、奴隷からの苦情を無視するのが賢い振る舞いというものだ。

「……しっかし、どうするんだよコレ？　時間がたったら自動で消えてくれねぇかな」

「知るかよ。たぶん、どうにもできねぇよ。ンなの、他の奴隷に命令して始末させればいいじゃねぇか」

その瞬間、この会話に聞き耳を立てていた奴隷たちに緊張が走る。

「それはちょっと酷くねぇか？　奴隷たちも命令を聞かないかもしれんぞ」

「じゃあそれとも何か？　お前があの不気味な部屋の中に入って、動き回る粘液まみれの触手を捕まえて袋に詰めるのか？」

「趣味の悪い冗談はやめてくれ！　あんなのに触るなんて、考えただけでゾッとする‼」

それはまさに、この場にいる全員の総意であった。

だが、どうにもできないのだ。

クーデルスが何か画期的なことを思いつき、この不気味な儀式を自分からやめるまでは。

守衛たちが諦めと共にそんな結論を出したその時であった。

「あっ……」

「おい、待て!!」

男たちの前を、颯爽(さっそう)と通り過ぎる人物が一人。

その人物は、迷うことなく魔境と化したクーデルスの檻の中へと入っていった。

「珍しく部屋の中で大人しくしていると思ったら、なんじゃこりゃ!? 部屋ん中に、気味悪いものを遠慮なく散らかしやがって! ふざけんな!!」

そんな台詞と共に、うねうねとのたうつ花を踏みにじりながら部屋に入ってきたのは、初日にクーデルスをこの部屋に押し込んだ目つきの悪い男である。

「あ、人参(サナオリア)さん。すいません、今ちょっと忙しいんです」

「俺は人参(サナオリア)じゃねぇ! サナトリアだ!」

笑顔で片手を上げたクーデルスに近づくと、ニンジン頭の名にふさわしいオレンジ色の髪を短く刈り込んだ男は、容赦なくクーデルスに拳を振るった。

「痛いじゃないですか!」

「お前が殴られるようなことを言うからだ。あと、俺の手のほうが確実に痛(いて)ぇ」

「いいじゃないですか、サナオリアで。人参みたいな髪の色だから覚えやすいですし」

するとサナトリアは、なんでもないように自分勝手な台詞を放つクーデルスの背後に回り、奴の体を背中から抱きしめる。

そして……。

「いいわけ……あるかぁぁぁぁ!」

「のぉぉぉぉぉぉぉぉっ⁉」

そのまま、クーデルスの体を後ろ向きに放り投げた。

暗くジメジメした奴隷部屋の一角が、グチョンと湿った衝撃音と共に僅かに揺れる。

「すげぇ、さすが猛火頭（カベロ・フェーゴ）のふたつ名を持つ男。あの魔境に躊躇（ちゅうちょ）なく踏み込んで、あの問題児を粘液まみれの床に投げ飛ばしたぞ」

「つーか、アレ、まともに頭打ってないか？　死ぬぞ」

だが、そんな守衛たちの心配を他所に、クーデルスはなんでもないかのようにグチョグチョの床の上で起き上がった。

そして、髪から垂れる粘液を手で振り払おうともせずに、カッと目を見開く。

ぞわっ……クーデルスの目の尋常ではない輝きに、その場を見守る全員の背筋に悪寒が走った。

うわ、なんかヤベェ！　今の衝撃で、いよいよ頭が狂ったか？

そんな想像に身を震わせつつ、守衛たちが目を見開きながら後ずさりする中、クーデルスはボソリと口を開く。

「よし、決めました」

「あぁん。何を決めたっていうんだ、お前。ようやく大人しく売り飛ばされる気になったか？」

皮肉というより願望に近い台詞を口にしたサナトリアだが、クーデルスの答えはいつも通り斜め上を飛んでいた。

「いえ、スイカを植えます」

いや、待て、お前……なぜに……スイカ?

あまりにも意味不明な言動に、その場にいる全員の心が瞬時に無に還ったのは言うまでもない。

翌日、クーデルスは十分に日が昇った頃を見計らって活動を開始した。

「咲き乱れよ（フロレシオン）」

クーデルスが呪文を唱えると、その手にはいつのまにかふたつの黄色い花が握られていた。

どちらも五枚の花びらを持つ、だが微妙に異なる姿をした花だ。片方の花の根元には縞（しま）模様のある小さな球体がついている。

「何をする気なんだ?」

「スイカの受粉ですよ。スイカは雄花と雌花があって、両方を用意しないと実がならないんです」

怪訝（けげん）な顔をするサナトリアにそんな説明をすると、クーデルスは片方の花びらをむしり取り、その中に納まっていた黄色い雄蕊（おしべ）をむき出しにした。

そして根元に球体のついたほう……雌花の花びらを押し分けて、その中に雄蕊を突っ込んでこすり合わせる。

「本当は肥料と水もほしいところですが、ないものは仕方がないですね。あとは魔力を注ぎ込んで……と」

　クーデルスが魔力を注ぎ込むと、雌花のふくらみがどんどん大きくなり始めた。

　おそらく数分もあれば、立派なスイカが出来上がるだろう。

「しかし、お前の魔術ってのは独特だな。地の魔術を使う奴は何人も知っているが、こんな使い方をしている奴は見たことがないぞ」

「まぁ、そうでしょうね」

　成長するスイカを見ながら怪訝な顔をするサナトリアの横で、クーデルスはシレっとそんな言葉を口にする。実は地の魔術ではないのだが、このことは誰にも話していない。

　いずれはバレる話だとは思っているが、賢明なことに彼は自分から客寄せパンダになる気は毛頭なかった。

「そろそろいい頃合ですね。食べてみますか？」

「い……いや、遠慮しておこう」

　大きく実ったスイカを手にクーデルスがたずねたが、サナトリアは小さく首を横に振る。魔術を使って無から促成栽培された代物など、さすがに怪しすぎて口にする気になれないらしい。

「では仕方がないですね。少々もったいないのですが種だけを取り出しましょう」

　クーデルスはスイカを拳でふたつに砕くと、その真っ赤な果肉をかき分けて黒い種だけを取り出した。

「スイカの発芽温度は二五度から三〇度……今の気温ではちょっと無理ですね」

頭の中の経典を諳んじるかのように呟きながら、クーデルスは商館の裏庭の一角にその種を四つまとめて植える。そしてボソボソと聞き取りづらい声でいくつか呪文を唱えると、その手を種を埋めた場所に押し当てた。

するとクーデルスの太く長い指の間をかき分けるように緑の新芽が顔を出す。

クーデルスがさらに魔力を加えると、双葉の間から本葉とおぼしき形の違う葉っぱが現れた。

「よしよし、いい感じですねぇ。この子と、あとはこの子を育てましょうか」

「……何をしているんだ?」

「苗の選別ですよ。スイカに限らず、植物の苗には色々と個体差がありますからね。こうやって、良いものだけを残して育てるのです……最終的に、四つのうちで一番よいものだけを残します」

つまり、育てられるのはほんの一握り。作物の世界というのは、これでなかなかに厳しいのである。

「選ばれなかった苗は?」

「捨ててしまいます」

サナトリアの言葉に、クーデルスはあっさりとした感じで答えを返した。

「……結構残酷なんだな」

「そういうサナトリアさんは意外と優しいんですねぇ」

ボソリと呟かれた言葉に、クーデルスは優しい笑みを浮かべる。

「はっ、俺が優しい？　寝言なら寝てから言いやがれ」

……とはいうものの、サナトリアの顔は微妙に赤い。その言葉が照れ隠しであることは誰の目にも明らかであった。どうやら、意外と情の深い男のようである。

「念のためですが、残った苗を育てることはお勧めしませんよ。それ、普通のスイカとはちょっと違いますので」

そんな忠告を口にしつつ、クーデルスはその辺に落ちていた枝を使って、苗の周りに円を描き、さらにその外側に不思議な文様をいくつも描き込む。

すると、そのあたりだけ地面の色が黒く染まり、苗の周りの空気が温まり始めた。

どうやら、これは太陽の光と熱を使って効率よく苗の環境を整えるための結界のようである。

「あとはしばらく自然の力にお任せしましょう。無茶な促成栽培は苗の体力も奪いますから。それに、何もかも手を入れすぎると、自分の手癖が強く出すぎてしまいますし」

そう言いながら、クーデルスは立ち上がってどこかへと歩き出した。

そのクーデルスの後ろを、サナトリアがついてくる。

「どこに行くつもりだ？」

「……なんでサナトさんがついてくるんですか？」

サナトリアが声をかけたのは、クーデルスが商館の外に出ようとした時であった。

「軽々しく人を愛称で呼ぶな！　あのなぁ……お前を野放しにするなんて恐ろしいことができるか！　止められないのはわかっているから、最低限のフォローに来てるんだよ！　ありがたく思え！」

そもそも、奴隷であるクーデルスが勝手に外に出ることはできない。

むしろ問答無用で殴られないだけ優しいといえよう。

……もっとも、殴ったところでクーデルスが全く堪（こた）えないのは目に見えているが。

「あははは、ありがとうございます。ところでサナトさん。冒険者って、どうすればなれるかわかりますか？」

「……その前にお前、自分が奴隷だってわかってるか？　そんな勝手が許されるはずないだろ!!」

「でも、売れなきゃただのゴク潰しでしょ。冒険者して稼いだ金をいくらか納めるという約束でどうにかなりませんかね？」

その言葉に、サナトリアはウッと言葉に詰まる。今、この商館の主（あるじ）が頭を抱えている問題のひとつが、クーデルスの維持費だった。この男、早い話が全く金にならないのだ。

「ちっ……どこでそんな知恵を拾ってきた、このダメ男。いいだろう。俺が交渉してきてやるから、そこでしばらく待っていろ」

そう言ってきびすを返し、彼はふと思いついたかのように立ち止まる。

「おい、お前……なんで急にそんなことを言い出した？　なんに金を使う気だ」

そもそも、クーデルスは金銭を使わない。食事はどこからともなく……おそらく魔術で調達してくる野菜や果物でまかなっているし、夜は花や葉っぱに埋もれて眠るので寝具も必要としない有様だ。

それが、急に金銭を求めてくる？　その不自然さに、サナトリアの背筋にぞわぞわと鳥肌が立った。

「そりゃあ、情報がほしいからですよ。何か事を成し遂げるなら、まずは情報が必要です。そしていい情報を手に入れるには、それなりに資金が必要なぐらい、常識でしょう？」

「それは……たしかにその通りだが」

こいつ、いったい何を考えている？　サナトリアはクーデルスの顔を穴が開きそうなほど睨みつけてはみるものの、そのニコニコとした表情からは結局何も読み取ることはできなかった。

第三章　とある変態による、胃の壁を削るお話

さて、冒険者とは命の危険を伴う仕事であり、冒険者ギルドとはその危険な仕事を斡旋（あっせん）する場所である。

この世界の冒険者ギルドは傭兵団（ようへいだん）に近い性質を持っており、同じ街に存在するいくつもの冒険者ギルドが常にしのぎを削っている状態だ。

主な業務は、魔物や害獣の討伐、そして野外に生えている希少な資源の採取といったところだろうか。

当然ながら、そんな仕事に就くのは戦闘能力に自信のある連中か、他に行き場のない連中のどちらかである。そのため、一般人からは乱暴で胡散臭いと敬遠され、貴族からは野蛮な連中と誹られることが多い。

とはいえ、それがトップの業績を誇る連中となると話は別である。

ギルドの上位に位置する冒険者ともなればそれなりに実績があり、おのずと信用も人気も出るものだ。

中にはちょっとしたアイドルのような扱いとなる者もいて、ギルドの入り口では上位冒険者の姿絵やグッズなどが販売されているらしい。

もっとも、実力のある連中が品格も備えているとは限らないわけで、調子にのってなれなれしい行動に出る部外者との間にトラブルは絶えないようだ。

「……で、ここがお勧めの冒険者ギルドですか？」

「お勧めというか、俺はここしか知らないからな。けど、今のところ厄介な先輩も少なくて居心地はいいと思うぜ」

翌日、サナトリアがクーデルスを連れてきたのは、この街に五つある冒険者ギルドの中でも一番の老舗（しにせ）であり、現在はこの街の二番手と認識されている場所であった。

「うふふ……実に楽しみです」

「変な奴だな。吟遊詩人の物語を聞きすぎた子供じゃあるまいし、冒険者の仕事がそんなに楽しいものじゃないことぐらいはわかっているだろう？」

サナトリアが横目で睨みながら呆（あき）れた声でそう呟くと、なぜかクーデルスは荒く鼻息を吐いて胸をそらす。

「やだなぁ、私だってそのぐらいは知ってますよ。楽しみにしているのは、受付嬢です！　はぁぁ、どんな可愛（かわい）い子が私の登録を手伝ってくれるのか、そしてそこから始まる恋の予感……」

そう呟きながら、クーデルスの目が遠くを見るようなものに変わる。

「そんな、まさか！　こんな数値があるはずが！　すいません、ちょっと魔力の計測がおかしかったので調べ直してもいいですか？　いえいえ、お嬢さん。それは正常な値なんですよ。ふふふ、何を隠そう、私こそはいずれ伝説の大魔術師となる男なのです。きゃぁぁぁぁぁぁぁ！

ステキ！　抱いて!!」

台本の陳腐さにもかかわらず、それは迫真の演技であった。

なまじクーデルスの外見がオッサンだけに、この一人芝居はなかなかに破壊力がデカい。

……というか、痛い。

周囲で成り行きを見守っていた街の住人たちが、一斉に距離を取り始める。

「……アホか。付き合ってられんわ」

呆れたようにため息をつきつつ、サナトリアは冒険者ギルドのドアを開けた。

だが、建物の中に冒険者らしき姿はほとんどない。

時間的に、彼らはすでに仕事を受けて出かけてしまった後なのだろう。

そんなガランとしたロビーを突っ切り、彼らは受付らしき場所に足を向けた。

「よぉ、繁盛してるかい？」

「誰かと思えば、猛火頭(カベロ・フェーゴ)かい。ずいぶんとご無沙汰だね！」

サナトリアが声をかけると、受付にいた二〇代後半ぐらいの女が明るい顔で返事をする。

なお、この世界には受付嬢などという華やかな存在はない。

冒険者という分別がなくて荒っぽい男の世界に美しい女性を投げ込めば、トラブルになるのは目に見えているからだ。

……というわけで、カウンターにいたのは女性とはいってもワイルドな姉御系であった。

「ほら、この世の終わりを見たかのような残念な顔してないで、ゆくぞ」

「馬鹿な……冒険者ギルドに可憐な受付嬢のおねーさんがいないだなんて……ありえない……うそだ……こんなはずは……いや、美人だしあの胸は魅力的ですが……」

顔に凄絶な表情を貼りつけたままうわごとを繰り返すクーデルスを引きずり、サナトリアは受付の前へとたどり着く。

「仕事を探しに来たのかい？　だったらお勧めのがいくつもあるんだが……」

「いや、今日は俺の用事じゃねぇんだ。おい、いつまでも硬直してないで自己紹介ぐらい自分でやれよ」

受付の女が嬉しそうに仕事のファイルを取り出すのを制し、サナトリアはクイッと顎を捻って後ろに立つクーデルスに挨拶を促した。

だが、クーデルスは壮絶な表情で固まったままである。

「あと、たしかこいつには美人の娘が一人……」

「あ、どうも。クーデルス・タート、四二歳、独身で恋人募集中です」

「へ？　あぁ、どうも」

突如としてスイッチが入って動き出した冴えないオッサンに、受付の女は一瞬ポカンとした顔になる。

そしてサナトリアの腕を掴むと、カウンターの隅に引きずり込んでボソボソとした声で彼を問いただした。

「おい、なんだいこのオッサン。依頼人か？　あまり金を持っているようには見えないが」

「それが聞いて驚け。この歳で冒険者志願だ」

サナトリアが笑いながらそう説明すると、受付の女の額に見事な青筋が浮かぶ。

「おい、久しぶりに顔を出したと思ったらわざわざ冗談を言いに来たのか？　ふざけんな‼

あと、よくもウチの可愛い娘を出しに使ってくれたな」

「まぁ、そう怒るな。お前の娘はまだ八歳だろ？　奴に幼女趣味がないのはリサーチ済みだ。

それに、あれで意外と得体の知れない奴なんだぜ」

「得体の知れないってなんだよ⁉　ウチにトラブルの種を押しつける気か‼」

面白がっているだけで、まるでフォローをする気のなさそうなサナトリアの襟首を、受付の女が鬼の形相で摑み上げる。

「あのー、どうされました？　私、冒険者として登録したいんですけど」

そんな二人の様子を他所に、全く空気を読まないクーデルスが暢気(のんき)な声をかけてきた。

返事をしないわけにもいかず、受付の女の眉間に大きな皺(しわ)が刻まれる。

「悪いんだがな、ウチはお遊びをする場所じゃないんだ。冒険がしたいだけなら、他所を当たってくれ」

「そんな！　私は本気なんです！」

面倒くささを隠そうともせずに女がそう言い放つと、クーデルスがすかさず前に出て食い下がる。

あぁ、これは言葉で説き伏せようとしても効率が悪いタイプだな。

クーデルスの様子にそんなことを悟ると、受付の女はため息をひとつついてから、ある条件を彼に示した。

「そこまで言うなら仕方がない。入団テストを受けてもらう。お前に出す試験内容は……そうだな、迷子のネコを捜すことだ」

そう告げると、受付の女は資料の入った封筒を差し出した。

封筒を受け取って中身に目を通し、クーデルスは少し困ったような顔をする。

「……ネコですか」

「言っておくが、思っているほど簡単な仕事じゃない」

そう言いながら、受付の女はこちらを興味深そうに見守っている冒険者に向かってハンドサインを送り始めた。何人かの冒険者が反応し、そのうちの一人が最後に頷く。

「ネコはお前より身軽だし、知らない人間が近寄ればすぐに逃げる。そして、ふだんはどこかに隠れているし、触る時も力を入れすぎると簡単に体調を崩す」

冒険者との間で無言のやり取りを短時間で終わらせると、受付の女はその試験の難易度を語り、挑発するような笑みを浮かべた。

「つまり、戦うだけしか能のない奴は、このギルドには要らないってことだ。わかるか？　自分には無理だと思ったら、引くことも勇気だ。今ならまだ取りやめてもいいんだぞ？」

「いえ、この試験に挑戦します」

クーデルスは硬い表情で大きく頷く。だが、受付の女はわざとらしく舌打ちをしてみせた。

どこまでが演技かは本人のみぞ知るところだが、横にいるサナトリアが何も口を出してこないところを見ると、おおよそこれも通過儀礼のようなものであろう。

「あと、言うまでもなくサナトリアはここで留守番だ。お前一人でこのテストを受けてもらう」

「わかりました。期限は？」

クーデルスは受付の女の威圧するかのような口調にも揺るがず、まっすぐで強い視線を相手に向けた。

——なるほど、見た目通りじゃないということか。

素人ならばこれで多少なりとも動揺を見せるものだが、こうも自信のある目を向けてくるということは本物の実力者か、あるいはただの変人か。

困ったことに、どちらにも見えてしまうから始末が悪い。なるほど、サナトリアが言う通り、たしかに得体が知れないオッサンだ。

「二日だ。それまでに依頼の猫をここまで連れてきてもらおう」

「わかりました」

短い返事をすると、クーデルスは特に質問を重ねることもなく、一人で外に出ていった。

そして……その後を、一人の冒険者が続いて出てゆく。

それは先ほど、受付のハンドサインに対して最後に頷いた男だった。

おそらくクーデルスを見張る試験官のようなものだろう。

彼がどんな手段を用いて問題を解決するか？　その方法がこのギルドにふさわしいか？　そして彼の実力はどのようなものか？

その全てを観察し、それらの情報を受付の女に届けるのだ。

そして監視役の男もいなくなった後。サナトリアが突然笑い出した。

「ぷっ……ぷぷぷぷ……ぷっ……ぶぁはははははは！　もーダメだ。死ぬ！　笑い死ぬ!!　なぁ、おい、ずいぶんと面倒なやり方じゃないかマスター・ファビアナ！　先代のやり方をあれほど嫌っていたあんたのやり方とはとても思えないやり取りだったぞ！」

腹を抱えて笑うサナトリアに、周囲の若手冒険者はギョッとした顔で視線を向け、受付の女……改め、このギルドの主であるファビアナは、かつての冒険者仲間に向かって渋い顔を作る。

「お前なぁ、そんなに笑うなよサナトリア。あたしだって状況が変わればそれに合ったやり方を使うようになるさ。まぁ、今でもこういうやり方は好きではないよ。親父がいつも苦い顔をしていた理由が最近になってようやく理解できるようになってきたわ」

渋面を作りながら、ファビアナはサナトリアに恨めしげな視線をよこす。

「組織が長く続くと、どうしても所属メンバーに対して素行のよさを求めなきゃいけなくなるもんさ。あたしだって辛（つら）いんだぜ？　老舗の看板はそれなりに美味しいが、伝統やら格式やらに縛られて、思い切ったことがぜんぜんできやしない。なーにが一二代目だ。いっそ、一回所帯を潰して無から立て直してやろうか？　ジジイ共の意見なんざ、クソっくらえ!!」

テーブルの上で拗（す）ねたように頬杖（ほおづえ）をつく行儀の悪い姿は、ギルドマスターどころか歳をとった悪ガキにしか見えなかった。

「まぁ、クーデルスの奴がここに入ればそんなことも言ってられなくなるだろうさ。何せ、色んな意味で規格外だからな。きっと、めちゃくちゃ苦労するぞ？」

「そんなたいした奴には見えんがなぁ。……というか、試験に受かるとは限らないぞ？」

フンと鼻を鳴らしながら憎まれ口を叩くファビアナに、サナトリアは軽く肩をすくめた。

「そうだな、たしかに実力があっても試験官が不適切だと判断したらそれまでだ。けどな、俺は奴に試験を通ってほしいんだよ」

「ほぅ？　理由は？」

興味を引かれたように顔を上げたギルドマスターに、かつての親友はニヤリと人の悪い笑みを浮かべた。

「きっと、そのほうが面白いから」

「なるほど、お前がそんな顔をするってことは……きっと凄まじい騒動を持ってきそうだな。さっそく胃が痛くなってきたよ」

だが、その直後であった。

「おーい、新人。ここにあった資料を知らないか？　闘技場から逃げ出した魔物のやつ。もうすでに他所のギルドの腕利きが三チームほど返り討ちにあったらしくて、依頼のランクを上げていいって依頼人から通達が来ているんだが」

ファビアナの後ろから、そんな事務担当の会話が聞こえてくる。

その瞬間、マスター・ファビアナの背筋になんとも言いようのない戦慄が走った。

「あぁ、それなら封筒がなかったんで、横にあった動物の捜索依頼の資料を適当に抜いてその封筒に入れて……」

「馬鹿野郎！　うちの依頼は種類によって色分けして管理しているから、絶対に他の色の封筒には入れるなって言っただろ！　誰かが間違えて持っていったらどうするんだよ!!　あと、抜き取った迷い猫の資料がほったらかしになっていたぞ！」

「すいません。優先度低いと思ったんで……」

なお、ファビアナが知る限り、現在このギルドで受けている迷い猫の依頼はひとつしかない。

何が起きているかは、すぐに想像がつくだろう。

「な、面白いことになっただろ。ウチでもずっとこんな調子だ」

ニヤニヤとした顔でそう告げるサナトリアに、マスター・ファビアナは腹に手を当てながら、搾り出すような声で呟いた。

「頼む……勘弁してくれ」

お前、さては自分の手に負えない難物をあたしに押しつけただろ？

涙目でそう訴えてくる親友を見下ろし、サナトリアはスッキリとした表情でこう告げたのである。

「こんな言葉を聞いたことはないか？　友は苦しみを半分にし、喜びを倍にしてくれる」

その顔は、苦しみの半分をものの見事に親友へと押しつけきった達成感で光り輝いていた。

ファビアナが胃に痛みを感じていた頃。

その元凶であるクーデルスの姿は、街の外れにある廃墟の立ち並ぶ一角にあった。

ここは数年前に大きな地震の被害にあい、そのまま廃棄されてしまった住宅街である。

倒壊、あるいは半壊した家屋が当時の生々しい傷跡を残しており、気味悪がって地元の人間もほとんど近づかない場所だ。

ここに用があるのは潜伏中の犯罪者や肝試しに来た若者ぐらいで、少なくともクーデルス以外に人の姿は見えない。

「さて、資料によればこのあたりで目撃報告があったようですね」

封筒から出した資料をもう一度確認すると、クーデルスは大きくため息をついてからそれを鞄にしまい込んだ。

「とはいえ、私……探査系の魔術は苦手なんですよねぇ。そもそも、猫って見たことないですし」

あまり知られていないことだが、魔族の社会に猫は存在しない。

猫型の魔物や亜人は存在するのだが、猫という概念がないので、クーデルスの頭の中ではそれらの姿と猫という単語が結びつかないのだ。

考えてもみてほしい。オオカミの写真を見せて、トイプードルを探してくれと言われても誰が仕事をこなせるだろうか？

「幸い、相手は死肉のにおいに敏感だと書いてありますね。ここはひとつ、においでおびき出す方向でいきますか」

そう告げると、クーデルスは地面に魔術の触媒となる魔法陣を描きつつ、術のイメージを練り始めた。

実を言うと、花々の中には死肉のにおいを出すものは珍しくない。

身近なところで言えば、コンニャク芋の花、そして巨大花として有名なラフレシアが恐ろしい異臭を放つことで知られている。

これらの植物は肉の腐ったにおいでハエを招き寄せ、そして受粉を促すのだ。

「初めて作るタイプの花です。ここは慎重に詠唱も入れますか」

思い出すのは、初めて奴隷商館に来た時の、腐敗臭と瘴気(しょうき)の混じった地獄のような香り。

おおよそ思い出したくない不幸の類だが、今となっては幸いである。

作り出す花のイメージが固まったのか、クーデルスは大きく息を吸い、目を閉じて呪文の詠唱を始める。

それは人間社会はおろか、魔術の最先端である魔帝国ですら埃(ほこり)をかぶった資料の中でしかお目にかかれない言葉に満ちあふれていた。

「我は望むは(ミ・デセーロ)、冥府の肉林に佇む歌姫(ボカリスタ ボスケ リヨ デル ムエルトス エン インヘル)。咲き乱れよ(フロレシオン)、腐れ落ちし死肉の妖花(ラ フロル エル カリヨーナ)」

呪文の詠唱が終わるなり、クーデルスは風上に向かっていそいそと歩き始める。

続いて、ゴゴッゴゴッと地面の中を何かが突き破りながら突き進むような音が響き渡った。

そして、数秒後。

ドカッと激しい音と共に、石畳を突き破って巨大な何かが姿を現す。

その激しい振動で崩れかけの家屋がいくつも崩れ、人気のない道路を砕けた屋根の破片が悲しげに転がって、ガラガラと音を奏でた。

廃墟の街に突如として現れたのは、巨大な花。

シルエットはまるで海を照らす灯台のように細長く、真っ赤な花弁は死人の血を思わせる暗い赤である。そしてその花弁を突き破って太くて立派な雌蕊が姿を現した瞬間、周囲に凄まじい異臭が漂い始めた。

一瞬、背後でグアッと男性の悲鳴のようなものが聞こえたが、クーデルスはそちらをチラリと一瞥したただけであっさりと興味を失う。少なくとも、資料にあった猫の特徴にそのような声で鳴くとは記されていないからだ。

そしてそのまま五分ほど待っただろうか？

廃墟の森をかき分けて、キチキチキチカチカチカチと何かを叩くような音が聞こえてくる。

同時に石壁をこするような音が連続し、何か大きな生き物の気配が近づいてきた。

——来る！　パラパラと砂利が落ちる音と共に、大きな影が石壁の上から姿を現した。

「これが……猫ですか」

クーデルスは呟くと共に、ゴクリと唾を飲み込む。

岩の陰から姿を覗かせたのは、体長七メートルはありそうな巨大な生き物であった。

キチン質の黒光りするボディ、カニのような鋭い鉤爪と鋏、特に目を引くのは棘のついた長い尻尾。……どう見ても、サソリである。

これを猫だという奴がいたら、病院に行って医者に診てもらうべきレベルの代物だ。

遠くで事態を見守っていた試験官が、異臭に悶絶しながらそれは猫じゃないと心の中で絶叫しているのは言うまでもない。

しかも、この生き物はある程度は知能があるらしく、腐肉のにおいの源が植物であることを察してずいぶんと機嫌を損ねているように見えた。当然ながらこの巨大なサソリも生き物であれば腹は減るし、ここまで来たのに手ぶらで帰るなんて悲しすぎる。

――何か他に食べるものはないか？

食べ損ねた死肉の代わりにソレが目をつけたのは、目の前の中年男――クーデルスであった。

至極当然の流れである。

「シャアァァァァァァァ‼」

ソレは勇ましく擦過音の雄たけびを上げると、その巨体からは全く想像できない身軽さで……跳んだ。その巨大な生き物は一瞬で距離を詰めると、ズズンと音を立てて着地し、間髪を入れずその鋭い鋏をクーデルスの頭に振り下ろす。

「うわっとぉ！　これがデススコーピオンという猫ですか！　ずいぶんと大きいんですねぇ。これはがんばらないと！」

転がるようにしてデススコーピオンの一撃を躱すと、クーデルスはそのまま距離をとって額に浮いた汗の球を手でぬぐった。

かくして、人間社会に追放された異端の魔王と闘技場から逃げ出した殺人クリーチャーの戦いが幕を開けたのである。

……と言いたいが、少し時間を飛ばすことを許してほしい。

場面は変わり、クーデルスのテストの結果を待つ冒険者ギルドにて。

「なんだ、もう帰ってきたのか。ずいぶんと早いな、奴の試験ちゃんと見届けたのか？」

「酒をくれ！　できるだけ強いやつだ!!」

ドアを開けてギルドに入るなり、彼はギルドマスターの呼びかけを無視して強めの酒を注文した。

かなり怯（おび）えた様子で、部屋に転がり込むとすぐにテーブルでうずくまり、よく見ればガタガタと小刻みに震えている。

どう見ても、尋常な様子ではない。

注文した酒が来ると、彼はそれを一気に口の中に流し込んだ。

口の端から琥珀色（こはくいろ）のしずくがこぼれ、薄汚れた服にさらなる染みを作る。

ずいぶんと酒に失礼な飲み方だが、それを指摘する人間は一人もいない。

男の鬼気迫る様子に、誰もが遠巻きに見守ることしかできなかった。

いや、それよりも気になるのはだ。

いったい何がこのベテラン冒険者をここまで心理的に追い詰めたというのか？

その理由をたずねるべく、ギルドマスターが彼の目の前の椅子に腰をかけた。

のである。

「――いったい何があったんだ？　天耳のエルデル。怯えてないで報告の義務を果たせ！」

すると、試験官役だった男……天耳のエルデルは、俯いたまま視線も合わせずにこう答えた

「お、恐ろしいものを見た。あれは化け物なんて代物じゃない」

なんと、あの冴えない風貌の新人は、そこまでの実力者であったのか？

驚くべき報告に、周囲の耳目がさらに集まる。

「おいおい、実力者がギルドに参入するのは喜ばしいことだろう？　いったい、何をそんなに怯えている」

エルデルに向かって慰めるように語りかけつつも、ギルドマスターであるファビアナは様々な思索をしつつ、この状況で一人だけヘラヘラと笑っているサナトリアへと目を向けた。

――おいおい、さすがに法に触れるようなことはしていないと思うぜ？

ニンジンのような色の髪を短く刈り込んだ偉丈夫は、ニッと笑ってギルドマスターの問いただすような視線に応える。

「違う！　違うんだ！　奴は……奴は……たしかに実力もあるのだが……それ以上に……」

まさか、魔族との契約で手に入れるという暗黒魔術の使い手であったり、邪神に祈りを捧げて得られる呪われし力の持ち主か？

そんなファビアナの心配を他所に、カッと目を見開いたエルデルは、囁くように、そして地獄の底から搾り出すようにしてこう告げた。

「……変態なんだ」

今、いったいなんと言った？

周囲がその言葉の意味を理解できずざわめく中、天耳のエルデルは空になったジョッキをテーブルに叩きつけ、今度は地の果てまで届けと言わんばかりに叫んだ。

「……奴は化け物レベルの変態なんだ‼」

その瞬間、その場にいる全員の顔が埴輪（はにわ）になった。

——化け物レベルの変態って、どんなんだよ⁉

冒険者ギルドの中が音もなく静まり返り、突如としてサナトリアが腹を抱え哄笑（こうしょう）し、椅子から転げ落ちる音で皆が我に返る。

「あぁ、何があったか知りたいんだろう？　そんなに知りたければ教えてやる。そして、聞いてから後悔しろ‼」

ジョッキを掲げておかわりを催促すると、天耳のエルデルは低くかすれた声で語り出した。

——最初からおかしいと思ったんだよ。

あいつ、猫を捜しに行くはずなのに、人の寄りつかない西の廃墟区域に歩いていきやがった。知っていると思うが、人に飼われていた猫ってのは人間の残飯を頼るから、そんな場所には住み着かない。

あぁ、こりゃ失格だな。そう思った矢先だった。

奴は突然廃墟の広場で足を止めると、見たこともない魔術……おそらく地の魔術を使って奇妙で巨大な花を呼び出しやがった。

その瞬間、あたりに凄まじい異臭が広がって、俺は思わず戻しそうになって声を上げちまったんだが、奴は俺の存在に気づいたにもかかわらず……まるで相手をする必要もないと言わんばかりに無視しやがったんだ。

あぁ、クソ生意気な奴だよ。そう思った次の瞬間だった……。

出たんだよ。

最近話題のアレが。このあたりで何人もの冒険者を返り討ちにしている、デス・スコーピオンだよ！

俺としたことが、あの新人の奇妙奇天烈な振る舞いに毒されて、すっかり見落としていたよ。

このあたりが奴の潜伏先だってことは聞いていたのにな。

奴に見つかったら、俺ごときの腕前じゃ確実に死ぬ。

だが、助けを呼ぼうにもここからじゃ距離がありすぎる。

いっそ、新人を見捨ててそのまま逃げようか？

正直そう考えなくもなかったが、なけなしのプライドが俺をその場にとどめた。

だが、俺が決心を決めて何かするよりも早く、デス・スコーピオンは新人に襲いかかったんだ。

二階建ての建物ほどもある奴が、猿みたいな身のこなしで動くんだぜ？

あんなの、何をどうやっても助からねぇよ！

だが、新人はそのデス・スコーピオンの一撃をあっさりと避けやがった。

しかも、顔には余裕の笑みすら浮かべてだ。

そしてそのまま嵐のように襲いかかる鋏とシッポの連撃を飄々と躱すと、奴は……奴はデス・スコーピオンに向かって一歩踏み出し、触ったんだよ。

女の胸でも揉むような、いやらしい手つきで！

デス・スコーピオンの脇腹を!!

「よーしゃよしゃよしゃ。いい子ですねー　可愛いですねー。ふふふ、先代の魔獣王ゴロームツから手ほどきを受け、お前に教えるものはもう何もないと言われた〝生き物と仲良くなる方法〟の技の冴え、とくと味わうとよいのです！」

奴はそう言いながら、デス・スコーピオンの脚や背中を次々に撫で回し始めた。

もう、俺はその時点で奴が何をしているのか理解できなかったよ。

あのヨーシャヨシャヨシャという謎の掛け声の意味はわからない。

だが、デス・スコーピオンは明らかに嫌がっていて、もしも毛が生えていたら全て逆立っていただろう。

「シャアァァァァァァァァッ！　シャッ！　シャッ！」

そんな威嚇の音を立てながら、デス・スコーピオンはたまらずに奴から距離をとった。

だが、その時……デス・スコーピオンの奴はうっかり奴のローブを引っかけてしまったんだ。

あぁ、最初からネタとして仕込んでおいたんじゃないかと思うぐらい勢いよくローブがすっぽ抜けたよ。

しかもな、信じられるか？　奴は……ローブの下に何も身につけていなかったんだ！

おまけに、奴は全裸になったのになんの躊躇もせずにデス・スコーピオンに摑みかかった。

ご立派なものを揺らしながら、嫌がるデス・スコーピオンに向かってにじり寄る裸のオッサンの姿を想像してみてくれ！

ははは、いまさら話を聞いたことを後悔しても遅い。少なくとも、その場にいた俺よりはマシだ。なんだったら、詳細にその場の描写を語ってやってもいいぞ？

……絶対に嫌だ？　まぁ、そうだろうな。

もはや勝負はついた。

デス・スコーピオンは、せめて命だけはと全力で逃げにかかったが、奴が即座に何やら呪文を唱えると、突然地面から大量の蔓草（つるくさ）が生えてデス・スコーピオンを絡めとったんだ。

もう、逃げることすらできない。恐怖に震えるデス・スコーピオンの姿からは、もはや災害級モンスターの威厳は感じられなかった。

哀れなデス・スコーピオンはキィキィとか細い悲鳴を上げながら慈悲を請い、お固い役人みたいな顔をした全裸のオッサンに抱きつかれ……。

その後のことはちょっと思い出すのも辛いから、勘弁してくれ。

予想もつくだろうし、もう十分だろ？

その時だった。

「ただいま戻りました！　いやぁ、なかなか大変でしたよ！」

――バタン。

まるで通夜のように沈痛な表情が並ぶ冒険者ギルドのドアが、音を立てて開いたのは。

現れたのは、ボロボロになったローブを腰に巻いただけという恥ずかしい姿をしたクーデルス。

そして、その後ろにぐったりとしたままほとんど動かないデス・スコーピオンがいる。

そう、生きたままの……だ。

「ぎゃあぁぁぁぁぁぁ！　こいつ、生きたデス・スコーピオンを連れたまま街の中をつっきってきやがった⁉」

マスター・ファビアナの悲鳴がギルドの建物中に響き渡った。

弱っているとはいえ、生きた災害級の魔物である。街の中が大混乱になっているのは、想像に難くない。そして、彼らの波乱に満ちた日常は、こうして始まったのである。

なお、この後自警団のお兄さんたちに泣かれながらめちゃくちゃ怒られたのは言うまでもなかった。

第四章 ………… 復興支援？　いいえ、ただの陰謀の始まりです

そんな事件からしばらくのこと。

「平穏ってすばらしい」

午後の日差しが燦々（さんさん）と降り注ぐ窓辺で、冒険者ギルドのギルドマスターであるファビアナはしみじみと呟いた。傍らには、胃薬のにおいが漂う薄紅色のお茶が置いてある。クーデルスを締め上げて提供させた、貴重な薬草茶だ。

規格外の新人（クーデルス）による驚愕（きょうがく）の入団テストから数日。さぁ、Sクラスのド変態が入ってきたぞ。何をやらかしやがる？

……と身構えていたギルドに所属する冒険者たちであったが、予想外におとなしいクーデルスの様子に拍子抜けしている感じは否めない。

だが、その裏側では当然のように色々とやらかしていた。

たとえば、薬効のある希少な植物の花を大量に入荷させて市場の相場を壊しそうになったり。

たとえば、ミロンちゃんと名づけた雄のデス・スコーピオンの餌を調達するからと言って初心者向けの狩場を襲って他の冒険者の稼ぎとなるものを根絶しそうになったり。

とまぁ、凄まじいトラブルを毎日のように引き起こしていたのだ。

そのことごとくが未然に防がれているのは、全てマスター・ファビアナの努力の賜物である。

おそらく他のギルドであれば、今頃大騒ぎになっているはずだ。

しかも、このトラブルを逆手にとってファビアナは大きく業績を上げている。

クーデルスは頻繁にトラブルを起こす厄介者だが、同時に使いこなせれば多大な利益をもたらす鬼札(ジョーカー)でもあるのだ。

この点において、クーデルスをファビアナの管理下に置いたサナトリアの選択は正しかったといえよう。

さて、そのクーデルスといえば……ファビアナから頼まれた希少な花の入荷を終わらせ、ギルドの中の飲食コーナーに座り、何やら周囲の会話に耳を傾け、時折メモを取っていた。

どうやら今日はもう仕事をするつもりがないらしい。つまり、トラブルを引き起こす可能性は少ないということである。実に喜ばしいことだ。

クーデルスがそんな調子であるため、今日の冒険者ギルドは平穏に包まれている……かのように見えた。だが、恐るべき事態はその水面下でゆっくりと、確実に動きを進めていたのである。

「何やってんだ、お前？」

そんな台詞と共にクーデルスの隣に座ったのは、サナトリアであった。

超がつくゴク潰しだったクーデルスからようやく利益を引き出した功績により、ここのところ奴隷商館の主からの彼への評価は非常に高い。お給料も増額される予定であり、クーデルスの引き起こすトラブルはファビアナが未然に処理してくれる。しかも騒ぎを眺めているだけで退屈しない。よって、彼は今日もご機嫌だ。

「何って、情報収集ですよ？　最初から言ってませんでしたっけ？　冒険者ギルドに入りたいのは情報がほしいからなんですが」

あぁ、そんなことも言っていたな……と、サナトリアは言われて初めて思い出す。

だが、正しくは情報を集めるために金がほしいという台詞だったはずだ。

「情報ねぇ……なんの情報を集めているんだ？　場合によっては手伝ってやるぞ」

「では、遠慮なく。これなんですがねぇ」

そう言いながらクーデルスが差し出したメモを見るなり、サナトリアは怪訝な顔をする。

なぜなら、それはおよそクーデルスが興味を持つとは思えない内容だったからだ。

「てっきり女についての情報だと思っていたが、まさかの男だと？　お前、こんなん調べて何をする気だ？　……まさか、そっちの気はないだろうな」

「ありませんよ。私はノンケです」

周囲の人間が聞き耳を立てていることを考えて、わざと詳細をぼかした会話をする二人。

クーデルスのメモに記されていたのは、この国の王太子に関する情報であった。

実は、最近太ってしまっただの、新しい王太子妃候補に甘やかされて努力することをやめてしまったため、成績が下がり始めただのといった内容がこまごまと記されている。

「不可解だな。いったいどんな悪いことを考えている」

「酷い言いがかりですね。むろん、このボンクラ(王太子)自体に興味はありませんよ。性別、能力、人格の全てにおいてね。これでも人を見る目は肥えているんです」

何げに酷い評価であるが、これでも一〇〇年単位で政治の舞台に身を置いていた男だ。

その辛らつさと正確さは余人の及ぶところではない。

「ただ……例の彼女（アデリア）のために、ちょっとした実験を予定しているんですよ。その実験のための情報集めです」

「実験ねぇ……お前の口から出ると、こんな不穏な言葉もねぇな。俺はますます心配になってきたぜ。ほら、見ろよ。ファビアナとエルデルも、ピリピリとした感じでこっちを窺（うかが）っている」

見れば、こちらの会話を窺っていた天耳エルデルが、こちらを見ながらファビアナに何か耳打ちをしていた。

「やれやれ、信用がないですねぇ。これでも善良で無害な男のつもりなのですが」

「くくく……違いない。あぁ、クーデルス。お前は善良で優しい男だ。だがな、ちょっとズレているせいで無害とは言いかねるぞ」

「酷いですね、サナトさん。あぁ、そうだ。そろそろ例のスイカが実をつけ始める頃なんですよ。よかったら見に来ませんか？　向こうで色々と気にしているファビアナさんも、エルデルさんも一緒に」

そう告げられると、ファビアナもエルデルも頷かざるを得ない。

クーデルスが目の届かないところで何かするより恐ろしいことはないからだ。

そして彼らは再び認識することになる。

クーデルスがいかにこちらの予想のつかないことをする人物であるかを。

奴隷商館の裏庭の一角、半透明の天幕に覆われた中にあるクーデルスのスイカを見るなり、ファビアナとエルデルは言葉を失い、サナトリアは喉が枯れるほどの大声で叫んだ。

「クーデルス！　いっかいお前は頭をカチ割って医者に診てもらえ!!」

「おや、お気に召しませんか？　かなりいいスイカができたと自負していたのですが」

サナトリアの罵倒に、クーデルスは心外だと言わんばかりに首をかしげる。

「そんな問題じゃねぇ!!　コレのどこがスイカだ、馬鹿野郎っ!!」

彼らの目の前で緑の蔓草に囲まれて実っているのはどう見てもスイカなどではなく……薄緑の肌をした愛らしい赤子たちであった。

人造人間など作り出して、クーデルスはいったい何をしでかす気なのか？

ギルドの上層部が戦々恐々とした日々を送ること数日。

「このお仕事、私にくれませんか？」

そんな台詞と共にクーデルスがやってきた時、ファビアナは一瞬で全身に汗が浮き出てそのまま滝のように流れ落ちるのを感じた。

――やべぇ、これ、たぶん特大の厄介事だ。

「仕事だと？」

見れば、クーデルスの手に一枚の募集要項が握られている。

任地は王太子の領地にある隣の郊外の村で、内容は復興作業をするので人手がほしいという代物だ。なんでも、先日の嵐に伴う水害によって畑が甚大な被害を受けてしまい、農作物がほぼ全滅ということらしい。

求められているのは家屋の修理に必要な人手だけではなく、埋まった水路を掘り起こしたり、流れてきた岩や倒木を除去したりとかなり多岐にわたる。

ずいぶんと大きな話になるが、そこまでしなければ農業を再開することもできないようだ。

さらには防護柵などの破損も酷く、復興作業中に魔物の襲撃による二次被害が予想されるため、冒険者にも護衛の仕事が求められているのである。

「クーデルス。わかっているだろうが、これはお前のような奴が手を出す仕事じゃない。駆け出しの冒険者向けの仕事だ。それをわざわざ自分からやりたいだと？　何を考えている？」

マスター・ファビアナは作業の手を止め、目の前に立つ大柄な中年男を睨むようにして見上げた。

だが、どう考えてもこの男の意図は読み取ることができなかった。

決して悪い男ではない。むしろ方向性は善良といえるだろう。

だが、先日のスイカのこともそうだが、この男ことごとく予想外なことをする。

結局、あの赤子の姿をしたスイカもなんのために作ったかは明らかにしていないのだ。

根本的なところで、善悪の基準やものの価値観が異なる。

強靱（きょうじん）な肉体や身体能力ではなく、不可解で強力な地の魔術でもなく、その一点のみが何よりも恐ろしい。

「ずいぶんと疑われてますね。それに、私もキャリアをかんがみれば十分駆け出しと言うべきだとは思いますが。うわぁ、なんですかその詐欺師を見るような目は。何も。……とは言いませんが、大してご迷惑はおかけしませんよ」

「迷惑をかけるのは確定なのかよ！」

「いやぁ、嘘をつくのは苦手でして」

ただ、隠したいことは決して口にしないのだから厄介さは変わらない。

「でも、適任ではあるでしょう？　力も体力も私ならば申し分ないし、なんだったら被害にあった作物も魔術でカバーできます」

整然と自分の適性をアピールするクーデルスだが、ファビアナは静かに首を横に振った。

「ダメだ。ウチは団員を安売りしない主義なんだよ。有能な奴はそれなりに利益の出る仕事に就ける。ウチじゃなくても、こんなボランティア同然の仕事にお前ほどの男を出せるはずないだろ」

さもなくば、顧客の要望ばかりが増長し、仕事の相場はだんだんと下がってしまい、業界全体が低料金化して不活性化するのである。

それがわかっているため、冒険者ギルドはどこも安い仕事に有能な人間はつけない。

悪く言えば露骨な市場操作ではあったが、ただでさえ危険で収入の不安定な冒険者ギルドが、安定して経済を回すには必要な措置でもあった。

「じゃあ、ボランティア同然の仕事じゃなくしましょう。利益なら作ればいいじゃないですか」

「お前……あたしのことをなんだと思っている」

同時に背中に冷たい汗が滴った。いったいコイツは何者なのだろう?

この根本的な盤上をひっくり返すような大胆で強引な考え方は、おそらく商人のものではない。

むしろ、自分でルールを制定することに慣れた高級官僚の考え方だ。

「ファビアナさんのことですか? とても有能な経営者だと認識していますよ。それが何か? あと……これでも色々と下調べは済んでいるのです。貴女の能力ならば、無茶ではあっても無理ではない」

「くそっ、これだから有能すぎる奴は嫌いなんだ! いいか、こんな無茶は二度とごめんだぞ」

おそらくはこのギルドが街の最古参であり、政治的に影響力を持つ人間とも繋がりがあることを見越しての発言だろう。怖いぐらいに的確な人選とやり口だった。

誰だ、コイツを冒険者なんかにしておく馬鹿は!

とっとと本来の住処(すみか)であるドロドロした政治の世界に戻してやれ!

……できれば、あたしの胃にストレスで穴が開く前に!!

そんなファビアナの腹の中を知ってか知らずか、クーデルスは陽だまりのような微笑を浮かべる。

「そうですね。できれば私も無茶はさせたくないと思ってます」

「だったら少しは協力しろ。何か腹案はあるんだろう？」

絶対にあるはずだ。こいつはそのぐらいの用意もなしに乗り込んでくるようなタマじゃない。

だったら、開き直って限界までコキ使ってやるまでよ。

そんな意志をこめた目をクーデルスに向けると、案の定クーデルスは口の端に笑みを浮かべた。

「すばらしい。いやぁ、上司に恵まれるって本当に幸せなことですねぇ」

「あたしは不相応な部下を抱え込んじまったせいで、不幸のあまり胃が死にそうだよ」

「それは申し訳ない。では、ちょっと場所を移して……」

「いや、ここでいい」

そう告げると、ファビアナは小さく合言葉を口ずさむ。

すると風の魔術が発動し、受付の窓口を結界で包んだ。

何代か前のギルドマスターが部下から迅速に報告を聞くために作った仕掛けである。

「これで外には聞こえない。さぁ、聞かせてもらおうか」

「では、遠慮なく」

クーデルスはさらに呼び出した植物で視界をさえぎると、一束の計画書を差し出した。

「大まかな展望を述べますと、再開発計画をもっと大規模にして、その団長として私が村に赴きます。このギルドへの報酬は、その年に村で得られた税収の一割。本来ならばそんな時間で十分な復興は不可能ですから、採算が取れないはずです」

「たしかにそんな自殺的な条件なら向こうは喜んで依頼を出すだろうし、他の冒険者ギルドは手を出さないいな。だが、お前ならばできるんだろ？　十分に採算を取ることが」

少なくとも、クーデルスの植物に特化した地の魔術があれば、枯れてしまった作物もどうにかできてしまうに違いない。だが、この男がそれだけしか考えていないはずがなかった。

「例年の倍以上の収穫量を出して領主を震え上がらせてさし上げます」

差し出された計画書に目を通し、ファビアナは一瞬目を見開く。

「……正気かよ」

「当たり前です。私にこの程度のこともできないとお思いで？」

その微笑みは、魔帝王の懐刀として数百年にわたり国を支えていた男の片鱗（へんりん）を漂わせていた。

かくしてクーデルスの提案を受け入れたファビアナは、知り合いの伝手を使って例の村の代官に連絡をとった。

すると、よほど人が集まらず困っていたのだろう。その代官はふたつ返事で許可を出した。

こうも甘い話であれば、疑われても仕方がない。そう思っていたファビアナは、あまりにも向こうの代官が考えなしすぎて拍子抜けしたよ……と、苦笑いと共にクーデルスに語ったものである。

当然ながら、この契約に首を突っ込もうという冒険者ギルドが他にいるはずもなく、事前の募集は即座に撤回されて新しい企画が幕を開けた。

……とはいえ、食料を始めとした必要な物資の準備がすぐに終わるはずがない。

主な労働力をクーデルスの所属する奴隷商館から購入し、さらにはクーデルスが作成した叩き台の資料があったにもかかわらず、彼らが本格的に動き出すまでには一カ月近くの時間が必要だと判明した。これでは、復興に手をつける前に村が自滅してしまいかねない。

よって、まずは本隊が到着するまでの時間稼ぎをすることになったのである。

数日ほどで最低限の物資と人材をそろえたクーデルスたち復興団の第一陣は、やや強行軍となる日程を経て荒れ果てた村へとやってきた。

だが、そんなクーデルスの隣には、こんなところにいるはずもない……なぜ復興団の中にいるのか、誰もが首を捻るような人物が一人いる。

「あれが目的地の村ね」

「えぇ、おそらくはそうでしょう」

大して意味もない台詞を、さもつまらないと言わんばかりの口調で口にしたのは、他でもない……この国一番の悪女と名高い、アデリア嬢であった。

むろん、周囲から大反対があったのは言うまでもない。

「ひとつ聞いてよいかしら？」

「なんなりと」

「なぜ、私をここに連れてきたの？　自分の活躍を見せつけて、私を口説くのが目的のつもりなら、逆効果だと言っておくわ」

冷たい目で、アデリアはそう釘（くぎ）を刺す。

クーデルスが周囲の反対を押し切ってまでこの復興団にアデリアを入れた理由があるとすれば、そうとしか考えられない。そして、周囲もそんなものだと思っていた。

だが、やはりクーデルスは誰にも予想のできないことを考えていたのである。

「あぁ、そういえば秘密にしていたんでしたね。

まぁ、口説くというのはあながち間違いではないのですが……」

そこでクーデルスはアデリアの目をまっすぐに覗き込んだ。

「私はこの企画の中心に貴女を据えるつもりなのですよ」

「私を？　意味がわからないわ」

むしろ、悪名だけしかないアデリアを中心に据えたりしたら、集団としての結束が乱れるだけではないのか？

どう考えても、クーデルスがそうするだけの理由が思い浮かばなかった。

「でも、今ちょっとだけ心がざわついたでしょ？」

そう告げられて、アデリアの心臓がトクンと音を立てる。

クーデルスの言葉に、彼女は未知なる恐怖と、さらに未知なる喜びを感じていた。

なんだろう、この感覚は？　だが、奇妙なほどに心地よい。

「そもそも……貴女はとても貴重な人材なのですよ。貴女の学園での成績やディベートの記録などを拝見しましたが、長い時間をかけて様々な人材を見てきた私から見ても、非常に良いものでした。お見事と言わせていただきます」

だが、褒められたはずのアデリアは、なぜか全身に汗をかいていた。

私はいったいどうしたというのだろう？

この男の言葉にこうも心をもてあそばれ、喜びを感じている。

これではまるで親に褒められた幼子のようではないか！

かつては褒めそやされるだけの生活を送ってきたアデリアだが、人から褒められてこれほど揺さぶられたことは、ついぞ覚えがない。

そんな未知の感覚に、アデリアの中に培（つちか）われた知性が、最大限の警鐘をかき鳴らす。

だが、アデリアが会話の主導権を取り戻す言葉を探し出す前に、クーデルスはさらなる言葉を耳に流し込んできた。

「思うのですが、この国において貴女と肩を並べるほど知識と教養を身につけた人材がどれほどいるでしょうか？　私はね、そんな人材をこのまま悪趣味なお遊戯で奴隷商館に埋（うず）めておくなんて、あまりにも愚かしいと思うのですよ」

ズブリと音を立てて、クーデルスの言葉が心の中にめり込んだ。

ダメだ……。アデリアは心の中で絶望を味わっていた。

この男の言葉は、耳に心地よすぎる。

男たちは誰もが彼女の容姿を称（たた）え、たまに趣味が良いという言葉を添えるぐらいであった。

だが、この男は違う。

誰も真剣に評価をしたことのない、彼女の能力を褒めるのだ。

男の添え物として、一生表に出ることはないと思っていた彼女の能力を。

こんなの、ズルい……。

あぁ、まさか自分の中にこんな欲望が眠っていたとは知らなかった。

褒められたことのない部分の自己顕示欲を刺激され、彼女の心は嵐の海のように逆巻く。

「ここで口説き文句なのですが、聞いてくださいますか？」

「ええ、どうぞ。とても興味深いわ」

かろうじて淑女の笑顔を取り繕ってはいたものの、アデリアの頬は薔薇色に染まり、その目はキラキラと輝いていた。まるで、恋する乙女のように。

「では、遠慮なく。未来の国母となるべく学んだ知識がどれほどのものか……貴女は試してみたくないですか？」

その言葉が告げられた瞬間、アデリアは何かの束縛から解放されて自由になった気がした。

「ふふ、ふふふふはははは、あははははははははは!!」

淑女にあるまじき大きな笑い声が止まらず、いや、そんなことですらもうどうでもいいとさえ思える。なんだろう、急に世界が光り輝いて見える。

あぁ、今までの陰鬱な気分はなんだったというのだろうか⁉

「いいわね、貴方。今まで私を口説いた男は何人もいるけれど、ここまで私を愉快にさせた男

は初めてよ。ええ、試してみたいわね。正直に言って、心がざわつくどころか心底震えているわ」

アデリアの顔には舌なめずりしそうな笑顔が生まれ、その目には野心の光が輝いていた。

そんな猛獣のような彼女と向き合ったまま、クーデルスは指で眼鏡の位置を直し、ニッコリと微笑んだ。

「いい答えです。では、たった今から貴女は私の副官をお願いします。頼みましたよ、アデリア副団長」

クーデルス一行が村に到着すると、彼らはまず村長の家の客室に通された。

そして現場の責任者と顔を合わせることとなったのである。

だが、この期に及んでクーデルスのテンションはダダ下がりであった。

「団長、テーブルに頬杖をつくのはやめてください」

「そうは言いますけどね、アデリアさん。村長なんて生き物は、おおかたデップリとしたヒゲ面のオッサンでしょ？　何が悲しくてそんな生き物と向かい合って話をしなきゃいけないんですか」

自分もオッサンであることを星の彼方(かなた)まで棚に上げての発言である。

これにはアデリアもため息をつくしかなかった。

しかし、彼らの元にやってきたのは……。

「ようこそいらっしゃいました。私がこの村の村長でございます」

そんな台詞と共に現れたのは、どこか翳（かげ）りを帯びた儚（はかな）げな女性であった。

おそらくは先日の災害で亡くなった先代村長の後を、その妻が継いだといったところだろう。

貧しい食生活から来るのであろう、抱きしめたらそのまま折れてしまいそうな細い腰。

睫毛（まつげ）の長い、切れ長の瞳。夜空から流れ落ちてきたかと思わせる、床まで伸びたまっすぐな黒髪。手入れがままならず僅かにほつれた毛先が完璧な美を崩しているものの、それがかえって艶（なまめ）かしい色香を掻き立てる。

それはあたかも、一部の性癖の男性の妄想をそのまま形にしたような姿であった。

もしもここにサナトリアがいたならば、真っ先に危険だと判断しただろう。

だが、ここに彼はいない。

——カチッ。

次の瞬間、隣にいたアデリアは何かのスイッチが入ったような音をたしかに聞いた。

なんの音かとたしかめる前に、クーデルスがサッと前に出る。

「はじめまして！　私、この復興支援団の団長でクーデルス・タート四二歳独し……うぼぉ⁉」

村長の手をとろうとしたクーデルスだが、その途中でバサッと布がはためく音が鳴り響き、彼は急に股間を押さえて床に崩れた。

そしてなぜか後ろにいる団員たちがそろって自分の股間を隠すような仕草をとる。

正面にいる未亡人には見えなかっただろうが、後ろにいる団員たちは見てしまったのだ。

アデリアが神速の手さばきでクーデルスのローブをめくり上げ、一切の躊躇なく股間につま先をめり込ませた瞬間を。

「副団長のアデリアです。では、早速村の現状について詳しくお伺いしてもよろしいでしょうか？」

床に転がって悶絶するクーデルスを尻目に、アデリアはクールな微笑みを浮かべて自らの名を告げる。

「アデリアさん……なんて容赦ない……むぎゅっ」

クーデルスが息を吹き返して声を上げると、彼女はそのまま……歩行には適さない、貴族が見栄でしか身につけないという一二センチのヒールでクーデルスの顔を踏みつけた。

その際も、アデリアは終始ニコニコと笑顔のままである。

「すいません。団長は大変に優秀な方なのですが、持病の発作がありまして。発作が起きた時は、こうして押さえておかないと周りに危害を加えてしまうのです」

「は、はぁ……そうなのですか」

有無を言わせぬアデリアの迫力に、未亡人はただそう言って頷くしかなかった。

もっとも、持病や発作については、あながち間違いではないのが恐ろしいところである。

「では、会談の場を整えたいと思いますので、しばらく客室でお待ちくださいませ」

何やら得体の知れない気配に慄（おのの）きつつも、村長はアデリアに一礼してその場を後にした。

「ふぅ、新しい世界の扉を開くかと思いましたよ」

村長がいなくなると、いつの間にアデリアの靴の下を抜け出したのか、クーデルスが暢気な声で呟く。

新しい世界がいかなるものかについては、その場にいる団員たちもおおよそ予想はついているのだが、何せ相手はクーデルスなので油断はできない。

「あら、口説いている相手の横で他の女に目移りする殿方など、新しい世界の扉でも、冥府の門戸でも、お好きに開ければよろしいではありませんか」

反省の色が全くないクーデルスを、アデリアが氷のような視線と言葉で貫くのだが、見た限り全く効いている感触がない。

それどころか、

「そのツレないところが、たまりませんねぇ」

……と気持ちの悪い台詞を吐きながらシナを作る始末である。だが、アデリアはピンときた。

「……ちなみに言っている言葉の意味はわかってらっしゃいますか？」

「実はあんまり。先日拝読した小説の受け売りです」

アデリアの想像通り、こんな答えがシレッとした顔で返ってくる。

予想通りの言葉に、アデリアは思わず額に手を当てた。

頭が悪いわけではないが、恋愛が絡むと途端に壮絶なマヌケっぷりを披露する男。

その違和感の原因が、とてつもない恋愛音痴と知識の欠如、そして愛情の渇望にあることを、彼女は少しずつ理解し始めていた。

「とりあえず、真面目にやってください。打ち合わせをしている間は、恋愛ごっこは禁止です」

えー、そんなぁ……と泣き言を呟くクーデルスを視界から追いやると、アデリアは手元にある資料に再び目を通し始める。

その姿にようやく自分たちの役目を思い出したのか、各部門の指導にあたる団員たちもまた同じように下準備を始めた。

わがままを言うクーデルスをスルーするという、きわめて効率的なスキルを彼らが身につけた瞬間である。

「あの……打ち合わせの用意ができたんですが……そこの方は大丈夫でしょうか?」

しばらくして、村長からの言伝で復興支援団の面子を呼びに来た下男の少年がやってきた。

すると、全員が熱心に資料を読み込む中、異様なことにたった一人だけ大柄な眼鏡の男性が床に座ったまま何か違うことをしている。

いったい何をしているのだろう?

好奇心を抑えきれず覗き込んでしまった少年が見たものは……。

その中年男性が絨毯の上でひたすら〝の〟の字を書いているという、とてもシュールな光景であった。

「では最初に、情報の擦り合わせをしましょう。僭越(せんえつ)ながら、副団長であるわたくしアデリアが被害状況を読み上げさせていただきます」

関係者全員が顔をそろえると、アデリアは書類を読み上げるべく手元に目を落とした。

「およそ二週間前にこのライカーネル領を襲った嵐は半日にわたって多大な雨をもたらしました。それに伴い河川が増水。このハンプレット村を中心に局地的な洪水が起こり、多大な被害が発生しております」

このくだりで、なぜかクーデルスの視線が村の代表たちのほうに向けられたが、その意図はわからない。気になって仕方がなかったが、アデリアは自分の任された仕事を続けるために書類に視線を戻さねばならず、もやもやした気持ちのまま次のページをめくる。

「具体的な数字としては、死者五二名、負傷者三六〇名、破損した家屋……」

改めて数字によって被害を確認したことで記憶が蘇（よみがえ）ったのだろう。

気がつくと、この場に臨席している村人たちの目に涙が浮かんでいた。

そしてその悲惨な数字に、復興支援団の面子からも改めて呻（うめ）き声がこぼれる。

死者五二人といえば、人口一〇〇〇人程度であるこの村にとってはかなりの損失であるからだ。

しかも、被害者の内訳は働き手である若い男性が半数近くを占めている。

「被害に若い男性が多い理由は、彼らが畑に水を供給する水路を閉ざして農地への浸水を防ぐ作業をしていたことに起因します。上流で強い濁流が発生し、被害者のほとんどはこれに飲み込まれました。そしてその原因は、上流に設置された堰（せき）が老朽化し、蓄積された土砂と洪水に耐えられず破損したためであると報告されております」

つまりこの悲劇的な現状は、治水施設の整備不足による人災の面が大きいということだ。

この場にいるほぼ全員が渋い顔をする中、まるで空気を読んだかのように村長が言葉を紡ぐ。

「上流の堰が壊れ始めていて、もう長くもたないことは、村の誰もが知っていました。当然ながら我々も領主様にも何度も修復を申請したのですが、なしのつぶて。もしもあの堰の修復がされていれば、このようなこともなかったでしょう」

そして、彼女は言葉を区切ってから、嗚咽(おえつ)交じりの声でこう続けたのだ。

「あの人は、この村の人間たちは……代官の怠慢に殺されたのです」

——なんてことを⁉

しんみりとした空気は、涙も凍りつくような恐怖にとって代わった。

彼女の言葉は明らかな反逆の意思。

およそ、領主や代官の耳に入ればただではすまない台詞である。

「いいのですよ。むしろ存分に言いふらしてくださいませ。いっそ、国中に知れ渡ってあの男の一生消えない傷になればいい」

そう語る村長の目に、復興支援団の面々は青い鬼火の煌(きら)めきを見た。

いや、村長だけではない。同席している村の代表者たちの目にも、同じような光が垣間見える。

そう。この村は今、代官への恨みと憎しみで暴走寸前であったのだ。

最初からおかしいと思っていたが、道理で代官がこの村の復興を冒険者に任せるはずである。

代官が直接指揮をとって復興事業をしようとしていたら、きっと血の雨が降っていたに違いない。

かといって、こんな状況で他の領主の手を借りでもしたら、社交界でどんな醜聞が撒き散らされるか。その点、冒険者や奴隷を使って復興作業を進めれば、口封じの方法はいくらでもある。

そう……いくらでも、だ。

そんな事実を悟ったアデリアは、恐怖にかられつつ、すがるようにクーデルスへと視線を向けた。

だが、まるで想定内だと言わんばかりに眼鏡の中年男はニコニコと微笑んでいる。

まさか、この状況を最初から知っていて……？

いや、むしろこの男がこんなリスクを見逃すはずがない。

——この最悪な状況が想定内のことならば、さぼってないでちょっとは動いてください！

貴方、団長でしょう!!

アデリアが睨むようにして視線で訴えると、クーデルスはやれやれと言わんばかりに肩をすくめてからため息をついた。

そして昼寝をする牛にでも語りかけるような調子で、こう切り出したのである。

「それは大変でしたねぇ。でも、復讐なんて生きていればこそできることでしょう？　まず、生き残ることを考えませんか？　このままじゃ何かする前に死にますよ、貴方たち」

やんわりとしたクーデルスの言葉に、刺し違えてでも代官を殺してやると言わんばかりの空気をかもしていた村人たちが一斉に我に返った。

たしかに、言われてみればこのままでは復讐どころか、その前に自滅へと一直線である。

「そう……ですね。ですが、本当にこの村は残ることができるのでしょうか？　正直に言いますと、最近は村の中に夜な夜な魔獣が侵入して家畜を襲っているような状況でして」

我に返った村長が気まずそうに答えを返すと、団員たちの顔に緊張が走った。

村といわず地方自治体というものは、初期段階で祠(ほこら)なり神殿を建てて守護神を迎える。

そうすることによってその土地は神の加護の及ぶ場所となり、悪霊や魔獣の類はおいそれと入ることができなくなるのだ。

その最低限の機能すらないということは、ここはすでに村どころか人の住むべき場所ですらない。

もはや荒野のど真ん中と同じということである。

つまり、夜中に建物の中だからといってベッドの上で安心して眠っていたら、いつの間にか村に侵入していた魔獣の餌になっていた……となってもおかしくはないのだ。

腕に自信のある冒険者たちならばいざ知らず、事務能力を買われてやってきた文官や、純粋な労働力である奴隷たちにとっては死活問題である。

そんな動揺を見て取ったのか、クーデルスは穏やかな笑顔で彼らを見渡した。

「何をうろたえているのです？　この危険な状況の中、数百人の怪我人(けがにん)や幼い子供たちが我々の助けを待っているのですよ。そんな方々のためにも、まず村の防御機能の修復といきましょうか。しばらくは我々が運んできた食料がありますし、村の安全が確保できないと農地の修復もままなりません」

その言葉に、ほんの少し安心した空気が漂う。だが、不安を完全に払拭するには至らなかった。

さぁ、どうするの？

そんなアデリアの視線に応えるかのごとく、クーデルスはその右手を大きく振り上げる。

すると、その手の中に虹色の美しい光が瞬いた。

これは集められた魔力が空気と反応して生まれる副産物である。いったいなんの魔術を？

目の前の美しい魔力の煌きに見とれていた人々は、ふと我に返ってそんなことを考えた。

だが、大規模な魔術に欠かせないはずの、長い長い詠唱はいつまでたっても聞こえてこない。

すると、クーデルスはその魔力を全方向に放ちながら一言だけの短い詠唱を唱えたのである。

「咲き乱れよ（フロレシオン）」

その瞬間、村全域が揺れた。

「うわぁ、なんだこりゃあ？」

「うちの団長、何者だよ。こんな魔術見たこともないぞ」

クーデルスの魔術の結果を見届けるため、外に出た団員たちの口からそんな言葉が呟かれる。

彼らの目の前では、鋼の蔓を絡ませ、赤銅の薔薇を咲かせた……凄まじく巨大な金属の壁が見渡す限りに広がっていた。

「同じことをやれと言われたら、まず俺には無理だな。こんなの、戦略級魔術じゃねぇかよ。宮廷魔術師が俺と同じ地の魔術師を一〇〇人ぐらい連れてきて、半日ぐらいの儀式を行ったらできるかもしれんが……」

地の魔術師らしき冒険者が、感動とも嫉妬ともつかない声で呟きながらその薔薇の壁を見上げる。自分の目で見ていても、これがたった一人で成し遂げられたものだとは信じがたい。

しかも、詠唱省略の一言で発動？　もはやそれは格の高い神の領域である。

まさに、光在れ……の世界だ。

おそらくは何かの貴重な触媒を使ったのであろうが、いったいどんな代物を持っているのだろうか？　あわよくば、その触媒を分けてもらいたいものだが……。

もはや魔術師の頭の中は、あの得体の知れない団長にいかにして取り入ろうかということでいっぱいだった。

その一方で……。

「はぁー、なんとも綺麗な代物だなぁ」

「これ、枝を折って街に持ち込んだらいい金になるんじゃないかねぇ」

冒険者たちの後ろでは、何もわからない村人たちが、この美しい造形物を見て身勝手なことを呟いている。

なんとも自己中心的ではあるが、人間の考えることなど大概はこんなものだ。

何せ、大勢がそうだからこその〝俗〟なのだから。

さらにその後ろでは、アデリアがクーデルスを問い詰めていた。

しかも、彼女の頭に角が生えている幻が見えそうなほどの激しい剣幕でだ。

「団長……この案件、思いっきり地雷ではありませんこと？」

「ふふふ、その通りですよ？　やりがいがあるでしょう？　さすがにまだ全貌は見えていないと思いますが、すばらしいことに三段オチぐらいの展開が期待できるお徳用地雷です。厄介ごとは、まだまだこれからですよ」

憤懣(ふんまん)やるかたなしといった口調で噛みついてくるアデリアをいなしながら、クーデルスは良くできましたと言わんばかりの顔で微笑む。

「その顔、私がいつ気づくか試していましたね？　きぃぃぃぃぃぃっ、なんて憎らしい」

「あと、言っておきますがこれは応急処置ですよ」

自分が作り上げた金属の薔薇を見て、クーデルスは肩をすくめる。

「気づいているとは思いますが、空を飛ぶ魔物には効果がありませんしねぇ。つまり、ちゃんと村人の手でメンテナンスできる防御方法を別に考えなければ意味がありません」

「い、言われてみればその通りですわね。ついでに貴方、自分の力を派手に見せつけて部下の支持を集めようと思ったでしょ」

「ええ、その通りです。当たり前でしょう？　政治に関わる者がパフォーマンスを使いこなせなくてどうするのですか。まぁ、このぐらいは理解してくださらないと困りますね。ただ、先ほどのように自分の手に余ると思ったら遠慮なく敗北宣言してください」

「敗北……宣言⁉」

クーデルスの口から出た言葉に、アデリアは思わず口の中でその言葉を反芻(はんすう)した。

「最初に言ったでしょ。この計画の中心に貴女を据えるつもりだと」

つまり、先ほどまでさぼっていたように見えたのは、お前の力でできるところまでやってみろというサインだったのである。

すなわち、クーデルスに頼ることは、アデリアが敗北宣言をするのと同じこと。

その屁理屈にも似た理論(ロジック)に気づき、アデリアの顔にサッと朱が走る。

「み、見てらっしゃい！　貴方の出番なんか、もう金輪際ありませんからっ‼」

そしてアデリアは金切り声で気炎を吐き……クーデルスの思惑通りに村の再建事業へとのめり込んでいくのであった。

第五章 ……… 蝶の羽を養う日々

そして夜も更けて、月と星が夜の闇の中に星座の物語を描く頃。

いずこよりか、恐ろしげな獣の声が響き、人々は寝台の中で恐怖に身を震わす。

あぁ、ここはまさに神の加護のなきところ。寄る辺なき荒野なりや。

アデリアは与えられた寝台に入ったものの、他の団員と同じくいつまでも眠れずにいた。

だが、彼女が恐れているのは、他の団員とは違って魔獣の襲撃ではない。

彼女を襲う恐怖の名、それは自らに与えられた職務の重圧である。

果たして、自分にどれだけのことができるのか？

もしも致命的な失敗をしてしまったら、どうしよう？

考えるのは、そんなことばかりだ。

クーデルスの前では勝気に振る舞ってはみたものの、彼女には圧倒的に経験が足りていない。

いくら最高の教育を与えられているとはいえ、彼女はまだ一七歳の少女に過ぎないのである。

それをよく理解しているだけに、彼女は失敗をすることを極端に恐れていた。

――いったい、どうすればいいっていうのよ？

枕をキツく抱きしめながら、アデリアは眼鏡の中年男の顔を思い出す。

まぶたの裏のクーデルスの面影は、穏やかな表情で「貴女ならきっとできる」と無責任に微笑んでいた。

「何がお任せします……よ！　人にとんでもない仕事を押しつけて!!　自分にできないことを人に押しつけ……あー、たぶんできるのよね。そして、できない私のことを陰で笑っているんだわ！　きぃぃぃぃぃ！　くやしぃぃぃぃぃぃぃぃ!!」

アデリアは、抱えていた枕をクーデルスに見立ててぼすんぼすんと拳を叩き込む。

「でも、こんな泣き言を言っていても仕方がないわ。こう考えましょう。あの男ならどうする？」

とはいうものの、それこそ何も思いつかない。だが、むしろ思いつかないことにホッとする。クーデルスとは、いつも余人の思いつかない方向に走る生き物であり、自分がそんな変人と同じレベルの生き物ではないと理解したからである。

だが、何か参考にできるものはあるはずだ。

そういえば、クーデルスは肉体的にも頭脳的にもバケモノであるが、全てを自分でやろうとはしない。それに関して、彼はここに来るまでの馬車の中でこう言っていたはずである。

「仕事をふたつに分けるとすれば、それはこう分かれます。すなわち『自分でやるべきもの』と『他人にやらせるべきもの』です。たとえば、鍛冶場で日用品を作る必要があるとしましょう。もしも私が自らそれを成そうとすれば、一から技術を学ぶ必要があり、当然ながら非常に時間がかかります。なので私はそれを自分でせずに、火の魔術と鍛冶の技術を持った人間を連れてきて、その人に任せるでしょう。これはわかりやすい例ですが、一見して自分ががんばってやればいいように見える仕事でも、実は他人に任せるべき仕事というものは、とても多いものです。当たり前だと思いますか？　でもね、意外とできる人は少ないのですよ」

あぁ、そうだ。自分はなぜ、自らの愚かさで自分を縛っていたのだろうか。

クーデルスとのやり取りを思い出した瞬間、アデリアは自分が何をすべきかの方向性を理解した。

彼女の言葉を聞いたクーデルスが、どんな顔をするかを想像しながら。

――あぁ、早く明日の朝になればいい。そして彼女は安らかな気持ちで眠りにつく。

「……というわけで、クーデルス団長および男性職員各位には村長さんへの意味のない接触を禁止いたします」

朝のミーティングでアデリアがそう切り出した瞬間、周囲からものすごいブーイングが上がった。

「えぇぇっ⁉　そんなご無体な‼　横暴ですよ、アデリアさん‼」

そして独身男性職員を代表して、クーデルスがドンと机を叩いて抗議する。

彼らにとって、村長は労働の疲れを癒す清涼飲料水であり、やりがいの一部だ。

それを取り上げられたら、怒り狂うのは当たり前であった。

だが、奴隷市場で見世物として晒され、地獄の炎にあぶられるような屈辱に耐えてきた彼女に、その程度の威圧は通用しない。隣で小さく肩を震わせる村長をかばうように胸を張りながら、口元に手を当てて笑ってさえみせた。

「おほほほほほほ！　見ていて気持ちがスッキリするぐらい残念なお顔ですわね、皆様がた。ではお聞きしますが……なぜ私が村長と話すことを禁じたことで、そのようにお怒りになるのかしら？　貴方たち、ここへはお仕事に来たのですわよねぇ？」

　歯軋（はぎし）りをする男性職員を見渡し、彼女はわざと哀れむような目を向ける。

「貴方たち。ここは、お見合いの席ではありませんことよっ!!」

　無論、アデリアはこの男性団員（けだものさんたち）共全員が一目見た時から美しい未亡人である村長を狙っていたのを知っていて、その上でのこの発言だ。

「この、魔女がぁっ！　希代の悪女め！」

「鬼っ、悪魔！」

「あらあら、ずいぶんと評判ですこと。でも、その程度ですの？　つまらないわ。奴隷市場でわたくしを売り飛ばそうとした司会の男など、それはそれは語彙が豊富でしたわよ」

　団員から飛び交う罵詈雑言（ばりぞうごん）ですら、今の彼女の前では喝采（かっさい）と変わらない。

　まるで舞台の上で拍手を浴びる歌姫のように微笑みながら、彼女はさらにこう切り出した。

「あと、何か勘違いされているようですが……何もわたくしは絶対に言葉を交わしてはいけませんと言っているのではありませんのよ？　ちゃんと、しかるべき理由があればどんどん話しかけてくださって結構ですわ？　たとえば……」

　強烈な飢えを与えた後で、彼女はしたたかにも餌をちらつかせる。

「土砂に埋まった家屋が驚異的なスピードで掘り起こされただとか、仮設住宅が予定よりも早く仕上がっただとかいう報告を、忙しいわたくしの代わりに村長に報告してくださると非常に助かります」

ずいぶんとわかりやすい挑発ではあったが、団員たちの目がギラギラしたものに変わった。その恐ろしい煽動(せんどう)の技術を目の当たりにし、クーデルスがボソリと呟く。

「アデリア、恐ろしい子！　貴女……何者ですか⁉　多少のヒントは与えておいたつもりですが、たった一晩でお役所仕事の奥義を身につけるとは‼」

なお、その奥義の名は餌をつけた上での『丸投げ』という。

世の中で人の上に立つ人間にとっては必須と言うべき技術であった。

「さて、具体的な復興の手順についてですが……村長への説明を兼ねてその役割を再度確認しましょう」

あくどい提案で皆の心を焚(た)きつけた後、アデリアは冷静な口調でそう話を続けた。

「我々復興支援団は、四つのグループに分かれての活動を予定しております。ひとつめは怪我をした村人の治療にあたる医療グループ。ふたつめは泥に埋まった家屋を再建したり、新たに住む場所を作る土木グループ。三つめは領内をパトロールして魔物の襲撃に備える、治安グループ。最後は、必要な物資を配給する生活支援グループです」

なお、最後の生活支援グループだけは女性団員が多いグループとなっている。

細やかな配慮を期待するだけでなく、女性特有の必需品などが男性団員にはよく理解ができないからだ。

「このうち、治安グループに関しては、昨日のクーデルス団長が作った防御壁があるため、大きく作業が減少しました。よって、余剰人員を土木グループに回そうと思っております。治安グループの責任者は、誰を回すかについてできるだけ早く決定し、書類を〝村長〟に提出してください」

その言葉に、団員たちが怪訝な表情になる。村長はたしかに重要人物ではあるが、復興支援団の人間ではない。なぜそんな部外者に報告を？　……といった感じだろう。

だが、そんな表情を見渡して、アデリアはしてやったりと心の中でほくそ笑む。

「なお、村長についてはしばらくわたくしの補佐をしていただくことになりました」

それは朝のミーティングが始まる前のこと。

アデリアは村長に個人的に話をつけて、この案件を了承させたのだ。

こうすれば、男性団員たちからしつこくつきまとわれることも少なくなると唆(そそのか)して。

そして村長になりたてで、自分の立場についてよく理解していなかった村長は、アデリアの自信たっぷりな話し方に惑わされ、自らが団員たちの餌になることを了承してしまったのである。

だが。――そんな勝手なことをしていいの？

勝手に人事を決めてしまったアデリアの行動について、団員たちは視線でクーデルスの判断を仰ぐ。すると、クーデルスは大きく頷いてこう宣言した。

「いいじゃないですか？　多少常識からは外れているかもしれませんが、もともと村長さんの役目は村人たちとのパイプ役でしたからね。貴方たちの仕事を村人目線で判断していただくには、ちょうど良い人選かと思いますよ？」

聞いた限りでは良いことを言っているようにも思えるが、実際は問題だらけである。

村の最高責任者である村長を自分の部下として組み込むということは、クーデルスたちが村の実権を勝手に掌握したと宣言したようなものだ。

当然ながら、この周辺地域を統括する代官の許可なくしてやって良いことではない。

バレたらどう責任を取らされるか、その部下である自分たちはどこまで責任を追及されるのか、それすら想像もつかないほどの危ない橋だ。

だが、不安げな目をする団員たちに、クーデルスはこうも言ったのである。

「それとも、仕事の成果をアデリアさんに直接報告したいですか？」

その瞬間、男性団員全員がクーデルスから視線をそらした。

アデリアはたしかに美人で可愛いが、気が強くて女王様気質である。

報告はおろか、声をかけるだけでも色々と何かを消耗してしまうのだ。

「ご理解いただけたようで何よりです。このあたりは、私のほうから手紙を出して代官殿に話をつけておきましょう。……むろん、その結果報告も村長さんにしていいんですよね？」

ニッコリと微笑みながら、真っ先に村長に話しかけるクーデルス。

団員たちにお手本を見せるかのようなあざとさに、男性団員たちの心がざわめいた。

「ええ、もちろんですわ。団長の手腕に期待していましてよ」

ニコニコと微笑みながら話すアデリアの右手が、こっそりと何かを握り潰すような仕草をしていた。彼女が心の中で何を潰しているのかは、知らぬが仏というやつである。

そして村長の扱いが決まったところで、アデリアは次の議題を切り出した。

「あと、土木グループの方に最優先でお願いしなければならないことがあります」

突然名指しされ、土木グループの代表が居住まいを正す。

何もかもが異色続きの展開のため、何を言われるかわからないと警戒しているのだろうか。

そんな様子に、アデリアは半ば苦笑するかのような目を一瞬浮かべ、この世界では常識の範疇に収まる程度の要望を伝える。

「聖堂の復旧を最優先にしてください。現状として、空を飛べる魔獣にはクーデルス団長の作った障壁も意味がありません。本格的な復旧を行うなら聖堂はどうしても必要になりますし、傷ついた村人のためにも心のよりどころは必要です」

この手の復興は、常に不安との戦いだ。住民の不安をそのままにしておくと、ちょっとしたきっかけで大きな騒動が発生しかねないのである。

そのあたりを対処するのに、宗教というものは非常に有効なのだ。

「あぁ、なるほどそれはたしかに最優先だな」

特に突飛でも異例でもない内容に、土木グループの代表は胸を撫で下ろす。

村の守護神を祭った聖堂から土砂を取り除き、壊れた壁や屋根を修理してしまえば、あとは神官に丸投げすればいい。

その後はきわめて普通の会議が続き、その日の朝のミーティングは無事に終了したのであった。

まるで、その後にやってくる怒濤（どとう）の展開の前触れのように。

第六章……使えるものは神でも使え

そして、アデリアの提案で始まった聖堂の修復は、提案されたその日のうちに始まった。

「うわぁ、ここを掃除するのかよ……こりゃ骨が折れるぞ」

聖堂を前にして、誰かがそんな台詞を呟く。

寂れた村ではあったが、よほど村人の信心が深かったのか、神の住まいである聖堂は不相応に大きく、その敷地面積は周囲の民家が五軒ほどすっぽり入りそうなほど広い。

「神の威光も、こういう時ばかりはありがた迷惑だな」

「しっ、めったなこと言うでねぇだよ！　神様の耳に入ったらどえらいことになるべさ！」

ボソリと本音が漏れた復興支援団員を、村の男がたしなめる。

「いやいや、この状態じゃもう神様もここにはいないって。それに、ここは最初から聖堂にふさわしくない場所じゃないか」

本来ならば、このような宗教施設というものはこのような災害時に避難所として使う建物でもある。しかし、もともとの設計がいい加減だったのか、この建物は村でももっとも低い場所にあり、今回の災害では真っ先に水につかったというのだから笑えない話だ。

そんな外の様子はさておき。

「酷いものですねぇ」

聖堂を見て、クーデルスもまたそんな台詞を口にしていた。

元は白い漆喰（しっくい）で塗り固められていたであろう壁は泥で薄茶に染まっており、石畳の上には砂利と岩が転がっている。

建物の中はさらに悲惨だ。部屋の中にはヘドロがたまり、それが腐って吐き気をもよおすような悪臭を放っている。さらに周囲にはすでに大量の蠅（はえ）や蚊が飛び交っており、衛生状況はきわめて悪い。なお、この地域には人の肌に卵を生みつける寄生蠅もいるため、油断すると傷口からウジがわくのだ。

「おーい、麻袋を持ってきてくれ！　大量にだ！」

「シャベルとスコップは足りているかー！　ない奴はこっちにあるぞ！」

「土と岩をどこに捨てるか指示を出してくれ！　いいかげんなところに捨てるんじゃないぞ!!」

村の連中と復興支援団の面々は、こんな風に互いに声をかけながら手際よく作業を始めている。

なお、いちおうここには村長も来ているのだが、大勢の人間に指示を出すのに慣れていない彼女は、アデリアの後ろでただぼんやりと見ていることしかできないようだ。

良くも悪くも、彼女は普通の美人なのである。

なお、その不安げな様子につけ入って村長に声をかけようとしている連中は多いのだが、常にアデリアが目を光らせているため、彼らはただシッポを巻いて退散するしかなかった。

「さて、私も土砂の運搬に参加してきますかねぇ」

そう告げると、クーデルスは袖をまくって逞しい二の腕をあらわにする。ちなみに、今日の彼の服装は、いつものローブ姿ではなかった。

「団長自らが？　ずいぶんとおかしな格好をしていると思ったらそういうことですか。ですが、貴方の役目は人に指示を出すほうです。おやめください」

今日のクーデルスの服装は、鍛え上げられた体にぴったりとフィットするような黒の上下であり、スタイルが良いせいか妙に色気があって目のやり場に困る。

その思わず殴りつけたくなるような分厚い胸板と、服越しにもくっきりと割れて見える罪深い腹筋を横目で睨みつつ、アデリアはすかさずクーデルスに自重を促すのだが……

当然ながら、クーデルスの耳に入るはずもない。

「全体の采配はアデリアさんがやればいいでしょう？　ならば、労働力としての義務を果たすまでです」

そんな詭弁を盾にしながら、クーデルスは労働に勤しむ団員たちの中に交じって泥を運び始める。

「何を考えてらっしゃるのかしら。相変わらず読めない人ですわ……」

おそらくいつものトンでも魔術を使えばあっさり片がつくのだろうが、わざとそうしないところにアデリアは疑問を感じていた。しばらくして、村の娘さんたちが「お疲れさんだべぇ」と言いながら飲み物や軽く口に入るものを差し入れとして持ってきた時に、ようやくその理由を理解する。

「いやぁ、ありがとうございます。実に美味しそうな水ですねぇ」

「あら、やんだ。あんたらが瓶に入れて運んできた水だっぺよぉ」

「いえいえ、貴女が私にくださった。それだけでこの水はすばらしい」

「あんれまぁ、口がうまい団長さんだなや」

……とまぁ、飲み物を受け取ったクーデルスが、媚(こ)び満載の笑顔とトークを披露していたからだ。

おそらくは、気遣うフリをして生活支援グループの配給班を言いくるめたに違いない。

まさに趣味と実益を兼ねたやり方ではあるが……なんと無駄に知恵の回るダメ男だろうか。

しかも男性陣からは好評のようで、これではうかつに反対することもできない。

さて、そんなわけで作業員のテンションも上がり、聖堂の清掃作業は順調に進み始めた。

男たちが建物の中にたまった土砂を運び出し、女たちが残った汚れを洗浄する。

ひび割れた柱や壁は地の魔術で修復され、運ばれてきた木材で屋根を張り直してしまい……半日もすると、一部ではあるものの建物として最低限の役目を果たせるようにまで聖堂の状況は回復した。

すると、さっそく子供たちが野で花を摘んできて、石がむき出しになった祭壇に飾る。

ただそれだけで、土に汚れた聖堂の中がほんの少しだけ華やいだ空間へと様変わりした。

その明るい光景は希望の象徴のように人々の目に映り、疲れ果てた村人の目をいたく和ませたのである。

「……これなら、すぐにでも神をお呼びできそうですね」

「え、本当ですか？」

呟いたのはアデリアで、食いついたのは村長だった。

だが、村長の目にはこんな粗末な場所に神をお招きしても良いのだろうかという不安の色がある。

実際、花を飾ったといっても野の花を摘んできただけだし、場を清める香もなければ、祭壇にかける敷き布もない。

こんな場所に呼ばれたら、神が気を悪くして祟るのではないか？

おそらく考えているのはそんな感じのことだろう。

だが、その不安を打ち消すように、アデリアが力強く微笑む。

「問題ありません。本来、神をお呼びする場として一番大事なのは、人々の信仰の強さと誠実さです。大きな建物やきらびやかな装飾というものは、結局のところ我々人間側の自己満足に過ぎませんから」

もっとも、誠意の証としての贅沢というものもあるので、全く無意味ということはない。

だが、神々が人の基準での贅沢さとは異なる価値観を持っていることは、けっして嘘ではなかった。

「でも……神様をお招きなさるならば、神官様を手配しないと……」

「心配ご無用です。わたくし、学生時代に神学の授業を選択していましたのよ？　神官の免状もありますから、わざわざ人を呼ばなくても問題ありませんわ」

希代の悪女といわれた人間が、聖堂に神を呼ぶ。なんという皮肉な成り行きであるだろうか。

だが、そんなことよりも、この村には早急に守護神を呼ぶ必要がある。

信じるべき神がないというのは、この世界の人間にとって死活問題であるからだ。

「では、早急に準備を整えましょうか。私の手荷物に香と香炉がありますから、そちらは火の準備をしてください。あと、一度身を清めたいので、水場の準備もお願いします」

そしてアデリアの指示の下、急遽神を招く儀式が開かれることになったのだが……。

その日の夕方……村の治安の回復を急ぐアデリアは、周囲の心配をよそに神降ろしの儀式を開始した。祭壇の前には、乏しい物資をかき集めて用意した供物が積まれ、その周囲を神秘的な香りが取り巻いている。

だが、儀式を開始してすでに一時間。未だに神が降りてくる気配はない。

「やっぱり、国一番の悪女が神を呼ぶとか、ありえないよなぁ」

「あの女、神にも嫌われているんじゃないか？」

いつまでたっても神を呼べないアデリアの後ろで、そんな囁き声がボソボソと呟かれる。

――神よ、なぜ来てくださらないのです？　アデリアは心の中でそう叫んだ。

条件はそろっている。その存在もたしかに感じられる。

だが、いくら呼びかけても応えてくれない。まるで、アデリアの声を避けるように。

──私は……本当に神に嫌われているのだろうか？

そんな風にアデリアの心が折れそうになっているその横で、クーデルスはこっそりと冷や汗をかいていた。

──これ、神が降りてこないの、私のせいですよね。

人とほぼ同じ姿をしていても、クーデルスは魔王である。

現魔帝王ですら知らない話だが、実を言うとその実力は最上位の神々にすら匹敵し、歴代の魔帝王と比較しても確実に上回るほどの魔力の持ち主なのだ。

そんな人物がいる祭壇など、生半可な神では怖くて近寄れるはずもない。

ましてや村の祭壇に招かれるような神は、間違いなく低級の神である。

かといって、さすがに自分の気配を神々にもわからないようにする手段をとれば、効果が強すぎてアデリアの呼びかけ自体が神々に届かない。

──となると、上級の神々を呼ぶしかありませんね。

だが、クーデルスの気配に怯えないとなると、上級でもかなりの実力者ということになる。

「……アデリアさん。そろそろ手を貸しましょうか？」

「絶対にお断りですわ！」

クーデルスの提案に、アデリアはキッと眦を吊り上げて拒絶を叩きつけた。

おそらく、先日の敗北宣言の話が後を引いているに違いない。

──けれど、それも計算のうちです。

クーデルスはアデリアの拒絶の声に重ね、囁くようにして短い詠唱を解き放つ。

「咲き乱れよ（フロレシオン）」

その瞬間、祭壇を飾る花が一輪増えたのだが、誰も気づく者はいなかった。

クーデルスの咲かせた花は、たっぷりと魔力のこもった供物であると同時に、場のエネルギーを変質させて上位の神のすまう領域との繋がりを持たせる効果がある。

そしてアデリアが再び神への呼びかけを行った。

「――来る！」

ハッとした顔でアデリアが顔を上げ、周囲の人々が驚きと共に祭壇に目を向ける。

「何……これ？　気配が強すぎる！　中級神？　いいえ、これは上級神！　なぜ⁉　私はそんな方々など呼んでいない‼」

頭上から押し寄せる力の渦の大きさに、思わずアデリアが悲鳴を上げた。

「この気配、おそらく上級の中でも第二級の神ですね」

クーデルスは近づきつつある力の強さを元に、やってくる神の等級をそう判断する。

なお、神には九つの階級があり、第二級の神とは上から二番目ということだ。

第三級からは上位神と呼ばれ、本来はそれこそ国をあげての大規模な祭りでも執り行いでもしない限り、人の用意した祭壇に降りてくることはない。

だが、現実としてやってきた神は間違いなく第二級の階級に属するだけの力を持った神であった。

「だ、だだだ、第二級⁉　そんな馬鹿な！」

「まずいぞ！　そんな神は我々の手に余る！　うかつに祭って怒りを買いでもしたらこの村は……いや、この領地は終わりじゃぁぁぁ‼」

あまりにも予想外な神の降臨に、村人も団員も怯えて叫び声を上げる。

だが、この神の訪れを取りやめる権利など、彼らにはない。

やがて祭壇の上には光が満ちあふれ、光が収縮して人の姿を結んだ。

そして祭壇に招かれた神の第一声は、以下のようなものであったという。

「ウェーイ！　めっちゃ美人じゃん！　君が俺の神官？　うひょーマジすげぇ！　最高じゃねぇの！」

アデリアと村長の前に立ったそれは、金髪碧眼（へきがん）、日に焼けてはいるものの白人系の肌を持つ若い男の姿をしていた。

見た目の年齢は、おそらく一〇代の終わりから二〇歳前半ぐらいだろうか？

アイドルのような甘く端整な顔、そしてアポロン像を思い起こさせる筋肉の盛り上がった屈強な体。

ある意味で、男性から見た自分の理想像のような存在だろう。

だが……その服装はかなりまずかった。

その身を包むのは、股間を僅かに隠す程度の白い紐（ひも）パンツ。

尻など、ほぼ丸出しである。

「あ、俺はダーテン！　まばゆき神ダーテン（ダーテン・イルミナート）！　よろしくね、そこの綺麗なお姉さんたち!!」

そして自分に視線が集まっていることを確認すると、歯を光らせながら笑顔でポーズをとって己の筋肉を強調する。

どう見ても、重度のマッチョ系ナルシストであった。

……おまけにその性格が軽い。あまりにも軽い。

その神の纏う雰囲気は、街でナンパに勤しむ兄ちゃんと全く同じにおいを漂わせている。

「え、なに、なんでみんなすごい残念そうな顔してんの？　そこの眼鏡の人とか特にすごい顔してるんだけど」

ほら、もっと盛り上がって崇めてよと言わんばかりにジェスチャーを繰り返すのだが、彼の望む反応はひとつも返ってはこなかった。

代わりに、クーデルスが真剣な顔をして、地を震わせるような声で叫ぶ。

「チェンジ!!」

次の瞬間、他の面子も我に返った。

「チェンジ！」

「チェンジ！　異議なし!!」

「異議なし！」「異議なし！」「異議なし！　チェンジで!!」

クーデルスの後に続いて、次々とそんな声が湧き上がる。

第二級の神に対してとんでもない無礼な行為であるのだが、人々に躊躇（ためら）いはなかった。

「ちょっと！　ちょっと待って！　お前ら、俺のどこが不満なんだよ!!　太陽神にして闘神だぞ!?　なぁ、おい！　格好いいだろ、俺！　このすごい筋肉、見てよ!!」

盛り上がった自分の二の腕をペチペチと叩きながら、さすがに焦った顔でそう告げるダーテン神だが、クーデルスたちは次々に容赦ない答えを彼に返す。

「不満？　男であるところですかね？」

「軽そうな男は好みじゃないわ」

「マッチョすぎる人はちょっと……」

最後の村長の台詞で、ダーテン神はガックリと膝をついた。

どうやら、マッチョ否定は彼にとって致命傷であったらしい。

「そんなわけで、お引き取りください。あと、できれば代わりに美人で色っぽい上級の女神をご紹介していただけるとありがたいです」

「チェンジとかマジ無理だし！　俺、受肉しちゃっているし!!」

手でシッシッと追い払うジェスチャーをするクーデルスに、ダーテン神は涙交じりの声で叫んだ。

受肉とは、本来が精神生命体である神をこの世界の物質に閉じ込める行為である。

死ぬまで天に帰れないなどといった、生き物としての制約こそ受けるものの、地上においてきわめて安定した存在となることができるのだ。

そして副効果として、地上の生物との間に子供を作ることができるようになるため、地上の生き物と恋愛をしたい神々からは非常に好まれる行為である。

ただし、そこに至るまでに必要な魔力は、単純な召喚のおよそ二乗。

第二級の神の受肉に必要な魔力など、おそらくクーデルスでもなければ即決で支払えるような代物ではない。

「……ちっ、受肉とは面倒な。てっきり女神が来るかと思って魔力を奮発しすぎましたか」

「そこ、なんかすっげー悪いこと考えてないか!? 今、ヤバいぐらい邪悪な気配がしたんだけど!!」

舌打ちをするクーデルスを、すかさずダーテン神が咎(とが)める。

だが、そんな彼をしても見抜くことはできなかった。

クーデルスが、彼の想像を絶する、まさに魔王としか言いようのない企(たくら)みを胸に抱いていたことを。

「こうなっては仕方がありません。この村には、美人で魅力的な女神が必要なのです。貴方には、強制的にそこから退いていただきましょう」

「マジかよ!? まさか、この俺と戦うつもりとか! 第二級の闘神であるこの俺と!? ありえないんだけど!!」

そんな言葉とは裏腹に、ダーテンはクーデルスから人間ではありえない強大な力を感じ取っていた。

——こいつ、人間ではない！

少なくとも……第二級の神であるこの俺と比較しても遜色がないほどの強大な力。

まさか、人に化けたドラゴン？

いや、気配からすると魔族の王に近いか⁉　それにしても強すぎる‼

気を抜けば本当に殺されるぞ！

自らの生命を脅かすほどの力を前にして、ダーテンの股間を守る紐パンツがきゅっと小さくなる。

「ふふふ、恐ろしくてタマが縮み上がっているようですねぇ。情けない」

「う、うるせぇ！　マジむかつく‼　お前、なんなんだよ‼　その力、ぜってー人間じゃねーし‼」

ダーテンの台詞に、クーデルスはただ人差し指で眼鏡の位置を直すと、強大な魔力を周囲に放ちながら告げた。

「それは秘密です」

次の瞬間、荒れ果てた村全域が一瞬で色とりどりの花に覆われ、お花畑と化した。

日も暮れて藍色に染まる空の下、光を放つ花々が荒れ果てた村を幻想的に染め上げる。

そんな美しい光景に囲まれながらも、ダーテンは言いようのない不安に襲われていた。

だが、このまま手をこまねいても事態は悪くなるだけでしかない。

「はっ、てめーが何しようが、ぶっ殺せば終わりじゃんかよ！　くたばれ、オッサン‼」

拳を握り締めたダーテンが、花畑を散らしながらクーデルスに迫る。

直感ではあるが、実はそれが最適解であった。

「嫌ですねぇ、暴力に訴えるしか戦う方法のない方は。お子様ですか」

迫り来る圧倒的な暴力。だが、クーデルスは指で眼鏡の位置を直し、唇の端を笑みの形に吊り上げる。

「クーデルス！」

「団長!!」

アデリアや団員たちが悲鳴を上げる中、パァン！　と、何かが破裂したかのように大きな音が鳴り響いた。

そしてその一撃の余波が衝撃波となり、土砂を巻き上げながら周囲に吹き荒れる。

「……そんな」

アデリアは激しく吹き寄せる土埃の中、がっくりと地面に膝をついた。

常識的に考えて、第二級の闘神に殴られて生き残れる存在など、太古より生き永らえし龍の真祖か、忌まわしき魔帝国の主ぐらいのものだろう。

だが、その土埃が風に吹き払われた瞬間、彼らの目に入ったのは驚くべき光景であった。

第二級の闘神であるダーテンの拳を、クーデルスが片手で受け止めていたのである。

「テメェ……本気で何者だよ、マジふざけんな!!」

「いやぁ、危ない危ない。狙い目は非常によろしかったですよ？　ですが、私を一撃で仕留めるには色々と足りませんねぇ」

次の瞬間、クーデルスから濃密な殺気を感じ取り、ダーテンは跳ぶように距離をとった。

その寸前までダーテンのいた空間を、クーデルスの回し蹴りが死神の鎌のように刈り取る。

「おや、勘のよろしいことで。でも、それは悪手だと申し上げましょう。貴方が自分のやり方で戦いたかったならば、私の蹴りなど恐れずに拳の届く距離で戦うべきだったのです」

クーデルスが呟いた瞬間、咲き乱れる花々が一斉にその輝きを強めた。

その時、ダーテンは理解する。この花はただの光る花ではない。

複雑な術式を圧縮した、魔術文字の代用品であることを。

「うわっ、なんじゃこりゃ！　これ、よく見たら花で描いた魔法陣じゃねぇかよ！　お前、こいつを使って何をする気だ⁉　この術式、まさか……」

クーデルスの意図の一部を読み取り、ダーテンはその端整な顔を青くする。

「おや、おわかりになりましたか？　思った以上に優秀な方ですね。ふふふ、こんなこともあろうかと、昼間の土木作業のうちに仕掛けておいたのですよ」

クーデルスが指をパチンと鳴らすと、魔法陣の中央から巨大な豆の蔓が天に向かって伸びていった。そしてしばらくすると、その先端が光り輝きながら別の空間へと入り込んでいく。

「そうです……これは天界から神を無理やり呼び出して受肉させる術式ですよ。あぁ、選択権は私にありますから、間違ってまた男神を呼び出すようなヘマはありえません」

「ひ、ひっでぇ！　俺たち神をなんだと思っていやがる⁉　くそっ、なんつー頑丈な術式だよ！　ぜんぜん解呪できねぇっ‼」

必死でクーデルスの魔術を解除しようとするダーテンだが、そもそもが専門外である上に、クーデルスにはたっぷりと下準備をする時間があったのだ。

そんな代物を即興の力技で解呪できるはずもない。

「神に対してですか？　別になんとも。残念ながら、信仰心なんて種族的に持ち合わせてはいないもので」

「ちくしょう！　地獄に帰れ、この魔族が!!」

クーデルスは明日の天気についてでも語るかのように、神への信仰を否定した。

そもそも魔族には信仰という概念が存在しないので、これは当たり前の反応である。

「そうですねぇ、困ったことに帰れないんですよ。帰りたいと思ってもね」

うなだれるダーテンを見下ろしながら、クーデルスは苦い感情の交じった笑みを浮かべた。

だが、その自嘲的な言葉の意味を正しく理解する者は、ここにはいない。

ただ、触れるべきではない心の傷があるのではないかと推測をするのみである。

「さて、もうおわかりでしょう？　この戦い、拳を交える前から貴方は負けていたのですよ。この村に神は一柱で十分。新しい神が降りてくれれば、貴方は用無しです」

「う、うわぁぁぁぁぁぁ！　くそっ！　くそがぁぁぁぁっ!!　こんなのありかよ!!」

クーデルスの勝利宣言に、ダーテンは悔しげに地面を殴りつける。

「卑怯だぞ、オッサン！　こんなのずるいだろ!!　お前も男なら、拳で戦えよ!!」

「なぜそんなことを？　私は争いが嫌いなんです」

涙交じりの抗議に、クーデルスはシレっとした顔でそう答えた。

「だいたい、こんな平和な村に闘神なんか呼んでどうするんですか。貴方が信仰を集めようと思ったら、戦場が必要になるでしょ？　この村に血生臭い神は不要なんです。まさか、その程度のことも考えてなかった……なんてことはないですよね」

「うっ……」

その指摘に、ダーテンの顔が露骨に歪(ゆが)む。

そして彼はガックリと肩を落とし、目からポロポロと涙を流しつつ独り言のように語り始めた。

「初めてだったんだ……やっと人に呼ばれて、ようやく活躍できると思って、何も考えずに思わず降りてきちまったんだよ！　悪いか!!　俺だって好きで最初からこんな階級になったんじゃねぇよ！　強すぎるからめったなことでは呼んでもらえないとか、第二級の神が降臨できるような街は全部他の神が守護しているとか、酷すぎるだろ！　地上に降りて、人間にいっぱい加護をあげて、感謝されてちやほやされたかったんだよ！　綺麗な巫女(みこ)さんはべらせて、甘い情事を楽しもうと思ってたんだよ！　何が悪い!!　俺は神だぞ!!」

歯を食いしばりながら力説する姿に、クーデルスは微笑み、その大きな手をダーテンの頭の上にそっと載せる。

「悪くはないですよ？　私だってちやほやされたいです。綺麗なお姉さんは大好きですしね。美女を横にはべらせて、自慢話してウハウハしたいですよ。ですが、そうしてもらいたいならば、場所や相手のこともちゃんと考えてあげないとダメみたいなんです。そうでなきゃ嫌われてしまいます。なんでも、そういう人は裏で色々と悪口を言われちゃうらしいですよ？」

「それは……なんか嫌だな。俺は……みんなに心から好きだって言われたい」

クーデルスの諭すような言葉に、ダーテンはポツリとそんな台詞を呟いた。

そしてクーデルスもまた大きく頷く。

「ええ、私もです。私も早く恋人を作って、恋というものをしてみたい」

「ぶっ、なんだよその乙女みたいな夢。だっせぇ！」

拳を握り締めつつ真面目に語るクーデルスだが、それを聞いたダーテンは思わず噴き出してしまった。

「笑わないでくださいよ。真剣なんですから」

クーデルスもまた苦笑いを浮かべると、ふと思いついたようにこんな提案を口にする。

「とりあえず、今抱えている案件が終わったら、一緒に違う場所に行きましょう。そもそも、こんな辺境の村では大した娯楽なんかありませんからね。ここの守護神になるのは、おそらく貴方にとっても不幸でしかないでしょう」

そんな言葉に、ダーテンはそういえばそうだったと大きく頷く。

「まずは……大金を稼いで大きな国の花街に行くなんてどうです？　綺麗なお姉さんをいっぱい呼んで、気の済むまで楽しむんですよ。そして、そんな生活をしながらゆっくりと貴方が満足できるような街を探すのです。お互い、寿命なんて腐るほどありますしね」

「おお、なんかすっげー楽しそう！　オッサン、いっちょそれ頼むわ」

互いの目をキラキラと少年のように輝かせながら、第二級の若き闘神と、冴えない中年の姿をした最強のバケモノは固く握手を交わした。

そんな二人の横で、天に伸びていた豆の蔓が、桃色に輝く光を抱いて地上に戻ってくる。

クーデルスは後ろにいる団員や村人たちに振り返ると、唖然としている彼らにも聞こえるよう、大きな声で叫んだ。

「さぁ、この村にふさわしい女神の降臨です。皆で祝いましょう！」

「おい、見ろや。なんだべ、あれは……おめぇらの団長は女神の降臨とか言ってるだよ？」

空を見上げ、村人の一人が指差した。

「わからない。ただ、とても神聖な気配を感じるから悪いものではないと思うんだが……」

たずねられたのは復興支援団の一人だが、困惑しつつもそう答えるしかない。

こんな神の招き方など、見たことも聞いたこともないからだ。

皆の見守る中、ピンクの光の球は絡みつく蔦に引き寄せられるかのように空から降りてくる。

光の球は、クモの巣に捕まった蝶のように何度も藻掻きながら、村はずれの溜池のほうへと落ちていった。そして、遠くから小さく振動が響き渡る。

「おい、落ちたぞ！」

「ありゃあ、村はずれの溜池のあたりだぞ」

好奇心にかられたのか、ピンクの光の落ちた場所を確認するために人々は誰ともなしに動き出した。

「なんか……えらく甘い香りがするべさ」

村人の一人が、ふと鼻をヒクヒクとさせつつそんなことを呟く。

「そういえば……なんの香りだろう?」

落下地点であろう溜池が近づくと、周囲にはまるで香水のような香りが漂っていた。

花の香りとは明らかに異なる、香木を焚いたような香りである。

そして人々が松明(たいまつ)を片手に溜池へとたどり着くと、水の上にプカプカと桃色に輝く球体が浮いており、周囲を薄紅色に染めていた。

どうやら、香木を焚いたような香りはここから漂ってきているらしい。

「おい、なんかおかしい！　光の球にヒビが入り始めたぞ！」

誰かが悲鳴のようにそう叫んだ瞬間、その光のタマが割れて巨大なハスの蕾(つぼみ)が現れた。

そして見る間にその蕾が膨らみ、人がすっぽりと入るぐらいにまで膨らむと、ポンと弾けるような音と共に花が開き、中から一人の少女が現れた。

まるでハスの花の色を意匠(いしょう)にしたような桃色の髪、やや小柄ではあるが、メリハリの利いた体つきとすらりと伸びた手足。

年の頃は一八歳ぐらいだろうか?　長い睫毛に覆われた目はやや吊り目気味で、全体的に子猫を思わせる顔立ちである。

だが、何よりも目を引くのはその衣装。

やたらと露出度が大きく、乳首と局所をかろうじて隠すそれは、もう下着としてすら機能していないのではないだろうかと言うべき代物である。

先ほどのダーテンといい、この女神といい、神々の間では体を露出させるのがはやっているのではないだろうかと疑いを持たれそうな有様だ。

「ふふふ、お招きありがと！　でも、ずいぶんと乱暴なご招待ね。もぉ、びっくりしちゃったよぉ！　私、第一級の淫神モラルちゃん！　さぁ、偉大なる我に跪き、頭をたれちゃいなさぁい！」

そのピンクの髪をした少女が名乗りを上げると、人々はそろって同じ言葉を脳裏に浮かべた。

——また、濃いキャラが来ちゃったなぁ。

「淫神……ですって⁉」

思いもよらない称号を持つ神の降臨に、クーデルスは思わず声を上げる。

少なくとも、彼はそんな称号を持つ神を聞いたことはなかった。

「そーよぉ！　私は人々の淫らで邪な心を支配し、その想いと引き換えに願いをかなえる女神なの！　私を愛してくれたら、好色だけじゃない……怒りも、憎しみも、嫉妬も、強欲も、怠惰も、傲慢も、全部私が吸い取って、罪と苦しみを生み出す全ての種を貴方たちの中から駆逐してあげる。さぁ、私を愛して！」

淫神モラルは、まるで踊るような身振りで光の粒を撒き散らすと、器用に左目でウィンクをして決めポーズをとる。その瞬間、クーデルスはハッとした表情で素早くモラル神から距離をとった。

「いけません！　その女神は危険です‼」

突然の大きな声に、人々は何事かと振り向く。

すると、クーデルスは珍しくその眉間に嫌悪の皺を寄せていた。

「淫神モラル。貴女は劣情や邪念といったものと引き換えに願いをかなえると言いましたね。では、己の劣情や邪念を捧げてしまった者はどうなるのです？　それは生き物として、あまりにも不自然すぎる‼」

「どうなるも何も、悪いことは何もないわ？　邪まな欲望を全て失って、ただ清らかな存在へと変わるだけよ？　みんな綺麗な人になって、きっと幸せな世界がやってくるの！」

淫神モラルは胸の前で手を合わせ、祈るように目を閉じた。

それだけで、あたかも一枚の絵画のように世界は輝いて見える。

彼女の清らかな姿に人々はため息をつき、彼女と同じように胸の前で手を組んだ。

しかし、その時である。

「うわぁ、誰かと思ったら無支祁（祈りを禁じられし）のモラルじゃねぇかよ！　ちょーやっべぇぇ‼　地上に降りないように封印されているはずの奴が、なんでここにいんだよ！」

今頃になってやってきたダーテンが、モラルを見るなり素っ頓狂な声を上げる。

「おーい、お前ら！　絶対にこいつには祈るなよ！　こいつに邪まな感情や欲望を吸い取られた奴は、全員ふぬけて枯れきった老人みたいになっちまったあげく、最後には鬱（うつ）病で自殺しちまうからな！　前にそれで人間の王国をひとつ潰しちまって、それ以来こいつは天界の一角に封印されて崇拝を禁止されてんだ!!」

ダーテンの言葉に、クーデルスはモラルへの警戒を強める。

彼の言葉を信用できるかと言われたら、信用はできるが信頼はできないといったところであろうか。しかし、ダーテンの言葉が聞こえるや否や、モラルの纏う雰囲気が変わった。

「あぁん？　誰かと思ったら太陽神のところのドラ息子じゃねぇかよ。どっかの誰かが無理やり呼んでくれたおかげで、やっと封印されていた部屋出て地上に来ることができたってのに……アタシの邪魔をするってんなら、ただじゃおかねぇぞ」

アーモンド形の目は刃物のように細められ、清純系アイドルのようであった雰囲気は一瞬でヤンキーのそれになる。

「くっ……それが貴女の本性ですか。まさかこんな罠に引っかかってしまうとは、私もまだまだですね。すいませんが、貴女には天界にお帰りいただきましょう」

「い・や・だ・ね！」

クーデルスの言葉に、淫神モラルは唇を吊り上げるようにして嘲笑った。

まさに神も仏もありはしない……なんとも酷い猫っかぶりもあったものである。

だが、そんなクーデルスとモラルの間にダーテンが割って入る。

「……へっ、いくらおめーが第一級の神だとしても、こっちは第二級の闘神とそれ以上のバケモノだぞ。勝ち目なんてねぇよ!!　テメェを封印し直せば、村人がみんな俺を称えてウハウハ生活まっしぐらだ!!」

な？　と笑顔でクーデルスを振り返るダーテンだが、クーデルスは額に手をやってため息をついた。そしてモラルもまたヤレヤレと言わんばかりに肩をすくめる。

「はっ、馬鹿だねぇ。コレだから脳筋はダメなんだよ。お前らが暴れたら、このあたり一帯がえぐれて住人ごと盆地になっちまうけど？」

その瞬間、ダーテンの顔が凍りつく。

神たる者が信者を全滅させるようなことがあってはならない。

もしもそんなことをすれば、ダーテンのふたつ名がモラルと同じく〝無支祁(祈りを禁じられし)〟になってしまうだろう。

そして、ダーテンとクーデルスが行動を躊躇っている間に、猫をかぶり直したモラルが動いた。

「ねぇ、皆さん。この方、わたしに酷いことをするつもりなの！　お願い、助けて!!」

――しまった！　とクーデルスが舌打ちをするものの、時すでに遅し。

「あらあら、だめですねクーデルスさん」

「団長、女神様を傷つけてはだめじゃないですか」

「さぁ、そちらの若い神様もこちらへ」

まるで天国のただ中にいるかのような表情をした村人や団員が、クーデルスたちへとにじり寄る。

その表情には欠片も悪意はない。

怒りですら失ってしまった彼らは、ひたすら善意からクーデルスを〝正しい方向〟へと導こうと手を伸ばす。

「くっ、先ほどの祈りのポーズの時に、村人や団員を魅了していたようですね！」

「うげっ、ずるい！　ど、どうするんだよ‼」

救いを求めて視線を合わせてくるダーテンに、クーデルスは冷や汗をかきながら告げた。

「とりあえず逃げます！　いいですか、くれぐれも村人や団員を傷つけないでください‼」

そう告げるなり、クーデルスはきびすを返して走り出した。

ダーテンもまたそれに続き、村人たちがそれを追う。

やがてクーデルスたちは、村の一角にある粗末な小屋へと逃げ込んだ。

その小屋の前で、ドアを叩く音が鳴り響く。

「クーデルスさん、出てらっしゃい」

「団長さんよー、そんなところに閉じ込もっていても何もいいことはなかんべや？」

そんな台詞を口にしながらドアを叩いているのは、ほぼ全ての村人と復興支援団の団員たちであった。

一見して穏やかで、思春期をこじらせた子供を見守る大人たちのようにすら見える光景である。

だが、内情は全く次元の異なる恐怖をはらんでいた。

建物の中に閉じ込もっているクーデルスやダーテンからすれば、ゾンビ映画の主人公にでもなったようなものだろう。

だが、ゾンビと違って、今建物を取り囲んでいるのはクーデルスたちに対して善意に満ちた、穏やかで、愛を持って接しようとしている人々……つまり善人である。

たとえその背後に、クーデルスたちを捕らえてその欲と活力を吸い尽くそうとしている淫神がいるとしてもだ。

「で、どうするんだよクーデルスの兄貴」

「誰が兄貴ですか。こんなむさくるしい弟を持ったおぼえはありません」

埃っぽい小屋の中で、明かり代わりに光る花を生み出しながら、クーデルスはそっけない台詞をダーテンに返す。

白く柔らかな明かりに照らされた部屋の中は、板の床に粗末な藁(わら)の寝台が置かれただけの、貧しい農家らしい造りになっていた。

炊事をする場所すらないところを見ると、裕福な農民の下で働く一人暮らしの小作人といったところだろう。

「……冷てーなぁ。でも、いつまでもこんなところに閉じ込もっているわけにはいかねーだろ？　かといって、俺たちが下手に反撃すれば、人間共はみんな死んじまうぜ？」

半ば愚痴のような台詞を吐き散らしながら、ダーテンはふてくされた顔で寝台に腰をかけ、そこに染みついた住人の体臭に顔をしかめる。

「その通りです。まぁ、私もやろうと思えば傷つけずに無力化できなくもないのですが、たぶん体の代わりに心へ傷を残してしまうんですよね。なので、基本的にはその背後にいる淫神モラルを直接叩く方向しかないでしょう」

「まぁ、そうなるよなぁ。で、もう少し具体的な作戦はねぇの？」

「それはまだ秘密です」

そんな会話を続けながら、さらにクーデルスは床板の上にいくつもの花を咲かせた。

粗末な部屋の中が色とりどりの花に覆われて、まるで植物園にある豪奢（ごうしゃ）な温室のように華やぎ始める。

もっとも……中にいるのがむさくるしい眼鏡の中年男と、全裸寸前の筋肉少年では全く目の保養にはならないのだが。

「へぇ、視覚遮断と遮音と精神体侵入禁止の結界かぁ。器用だね、兄貴ぃ」

気がつくと、外から聞こえる村人や団員たちの声が全く聞こえなくなっていた。

小屋の壁にできた隙間なども花で完全に塞がれてしまい、これでもう誰も小屋の中を探ることはできない。

「ひと目でそれを理解する聡明（そうめい）さは認めますが、君に兄貴と呼ばれると妙な寒けがします。……まぁ、それはさておき、まずは相手の特性について考えましょうか」

クーデルスは一通りの準備を終わらせると、ようやく作戦について話し合う姿勢を見せる。

今まで具体的な話をしなかったのは、淫神モラルが魔術でこちらの様子を窺っている可能性を警戒してのことだ。

「おぅ、わかったぜ兄貴。まずは俺の知っている話だけどさぁ、あいつはもともと浄化と豊(ほう)穣(じょう)を司る女神だったらしいぜぇ」

——だから、兄貴はやめてくださいと言っているのに。

相変わらずの兄貴呼ばわりにげんなりしながら、クーデルスは目に手を当てつつダーテンの言葉に耳を傾けることにした。

「属性は水で、シンボルは蓮(はす)。人々の邪念を吸い上げて、それを豊穣の力として世界に還元するというのが本来の姿なんだそうだ」

根本的に、神々とは人々にとって有益な存在である。なぜならば、彼らは世界に満ちる人々の願いの化身であるからだ。

彼らは天界で生まれた後、特定の方向性の願いを選んでその身に蓄積させることで自らの力の方向性を定める。

そしてその願いをかなえることで、さらに人々の感謝の気持ちを受けて成長するのだ。

ゆえに、自らを淫神と名乗るモラルも、本来は人々にとって有益な存在でなければならないのである。

「それがなぜあんな困った存在に?」

「俺もよくは知らねーんだけどさぁ、あいつ、吸い取った人々の邪念を味覚として感じちゃうらしくてよ。中でも人々の邪淫が大好物だったたったんだってさ。それで中毒みたいな感じに

なっちまったらしくて……ようは、酒に歯止めの利かなくなった酔っ払いみたいなかんじ？」

それで加減を忘れて人々の思念を吸いすぎた結果が、ひとつの国の滅亡である。

想像以上にダメな内容に、クーデルスは思わず両手で顔を覆っていた。

「つまり、欲望を浄化する存在でありながら、自分の欲望は全く抑制できないという話ですか。神々っていったい……目の前の神もなんかやたらと軽いし。私の中の神々という存在に対するイメージがどんどん壊れてゆきます」

「あー、なんかマジでゴメン」

ダーテンは目をそらし、気まずそうに頭をボリボリと掻く。

もっとも、自分を抑制できないというならばクーデルスも大して違いはないのだが、ダーテンは賢明にも口に出すことはなかった。

その頃、誰もいないところで淫神モラルは爪を噛んでいた。

「ちっ、めんどくさいことになってきやがったぜ」

「ようやく地上に舞い戻ることができたってのに、なんであんな奴らがいるんだよ。マジふざけんなってかんじ⁉」

怒りのあまり、ガチンと爪の先を噛み切る。

その拍子に、人差し指に飾りとしてつけていた小さな淡水真珠がポロリとこぼれ落ちた。

「あぁ、もぅ、イライラする！　ほんと、イライラする‼」

地面に落ちた真珠を拾うことなく、むしろ怒りをぶつけるために足で踏み潰す。

真珠が粉々になったことで少し溜飲を下げると、彼女は再び爪を噛み始めた。

「だいたい、何者なんだよあのオッサン。あんなのが地上にいるとか、本気でありえないんだけど⁉」

本来ならば、地上において第一級の神である彼女の思い通りにならないことなどほとんどないといっても良いだろう。

だが、彼女の危険性に真っ先に気づいた眼鏡のオッサン、あれはたぶんヤバい。

見た目こそ地味で、背が高い他には特に目立った特長はなかった。

だが、第一級の神である彼女をもってしても全く無害なオッサンにしか見えなかったのに、彼女が放った魅了の力を全く受けつけなかったのはおかしすぎる。

「まぁ、あの封印を突き破ってアタシを強引に連れ出したんだから、ヤバい奴がいるのは予想していたけどさ。ちょっと斜め上すぎない？」

ただの直感でしかないが、自分を天界から連れ出したのはおそらくあのオッサンの仕業に違いない。少なくとも、隣にいたゴツい体をした若造には不可能である。

だとしたら、自分以上の魔力を持っていることになるのだが……考えられるのは、他の神が遣わした勇者か、魔帝国の主や四天王と呼ばれる化け物共。

もしくは人に化けた龍の王族ぐらいだろうか？

だが、勇者であれば自分を天界の檻から解放するはずがないし、魔帝国の主には自分の魅了の力に対抗できるほどの力はないだろう。

……となれば、龍の王族ということになるのだが、あのオッサンは眼鏡をかけている上に長く伸びた土色の前髪が顔半分を覆い隠しているため、かなり地味で陰気だった。

龍族というのは例外なく派手好きで傲慢な性格をしており、あのオッサンとは全くイメージが重ならない。

そうなると、全くもって謎の存在としか定義のしようがなかった。

「……ったく、あの二級神のガキ一柱でも面倒だってのに、なんであんな奴がいるんだよ！　ちょーサイアク‼」

考えれば考えるほど不安になる。なんとか先手を取って村人をけしかけたものの、相手は即座に状況を不利と判断して躊躇なく逃げてしまった。

無理に攻撃しようとしないあたり、かなり狡猾で実利的な性格……つまり、やりにくいタイプの手合いだ。

しかも現在は建物の中に閉じ込もっており、遠見の魔術で様子を探ろうとしても、結界が張ってあるのか中の様子が全くわからない。

あの手の奴に時間を与えるのは、経験上あまり好ましくなかった。

どんな手段を思いつくかわからないからだ。

「とりあえず、あの建物自体に何か仕掛けた感じはしねーし、村人けしかけて解体すっか」

ため息交じりにそう結論を出すと、モラルはいつものように特大の猫をかぶり直す。

とはいっても、この媚びた性格もまた彼女自身の一部なのだ。

ほぼ正反対の個性でありながらも、彼女はこのアイドル然とした自分のことも好きなのであった。

「みんな、聞いてくださーい。このままでは、あの子たちいつまでたっても出てきてくれないと思うの。だから、ちょっと乱暴かもしれないけど、あのお家……こわしちゃいましょ?」

彼女が悲しげに目を伏せてそんな提案をすれば、すぐさま周囲から賛同の声が上がる。

そして村人たちは大工道具を自宅から持ち出すと、一斉に小さな小屋を解体し始めた。

「うぉっ、なんだこりゃ?」

彼らが解体作業を開始して五分ほどした頃だろうか。作業に参加していた団員たちの中から、何か予想外の事態に遭遇したかのような悲鳴が聞こえる。

「うわっ、キモい!」

何事かと思って声のしたあたりを覗き込むと、剝がした板の向こうから緑の蔓がウネウネと這い出してきているではないか。

しかも、その蔓の密度は異様なほどに高く、完全に壁と化している。

「ありゃー、これは団長の仕業だな」

「はぁ、なんとも元気なスイカの蔓だべなぁ」

村人の発言からすると、どうやらこの緑の蔓はスイカであるらしい。

いや、こんなスイカがあるはずないだろ……という心の声が現場では飛び交っているが、クーデルスを知る人間ならば、たぶん『またか』の一言で済ませるだろう。

この程度で動じていては、とてもではないがそばにはいられない。

「どうすんべー？　これじゃ家を壊しても中には入れねーべさ」

「しょーがなかんべ。出てくるのを待つだよ」

「そのうちお腹がすいたら出てきますよ」

「でも、団長だと、中で野菜育ててご飯にしないか？　たぶん、中で育てたスイカ食ってるぞコレ」

「あ……」

しばらくそんな会話を続けた村人と団員たちであるが、しばらくすると急にあわただしく動き始めた。

いったい何をするのかとモラルが見守っていると、彼らはなんと火をおこし始めたのである。

――まさか、火責めで蔓を焼き払う気か⁉

彼らの思いもよらない過激な行動に、モラルがショックを受けていると、村の女たちが何やらたくさんの荷物を抱えてゾロゾロとやってきたではないか。

いったい……何をする気なのだろう？

すると、風の中になんとも食欲をそそる香ばしい匂いが漂い始める。

これは、まさか……焼肉⁉

しかも、連中は酒まで持ち出して、どんちゃん騒ぎを始めたではないか。

――これはまさか、火責めならぬ焼肉責め⁉

たしかに植物を操って野菜や果物を得ることはできても、肉ばかりはどうしようもない。

その掻きたてる食欲は、筆舌しがたいものがあるだろう。やんわりとした方法に見えるが、なかなかえぐいやり方だ。

あぁ、それにしてもなんという美味しそうな〝欲望〟だろうか。

酒、肉、躍動する歓喜……きらびやかで甘く、ソレでいて刺激的な感情である。

無意識に村人の欲望をすすりそうになったモラルだが、彼女はぐっとその衝動をこらえる。

彼らはこの宴会で筋肉男と眼鏡中年を誘い出す気でいるのだから、彼女が足を引っ張るわけにはゆかない。

そしてしばらくすると、建物の中からひときわ大きな腹の虫がグゥゥと名乗りを上げた。

——あぁ、もう我慢できない。

あの建物の中で、食欲という感情を滾らせている奴らがいるかと思うと、食指が疼いて仕方がなかった。

そして限界まで高まった渇望は、彼女にとって都合のいい妄想を悪魔のように囁きかける。

——もしかしたら、あの男は植物の操作に特化しているだけで、実はたいした攻撃手段を持っていないのではないだろうか?

いや、きっとそうに違いない。

だとしたら、注意すべきは二級神の若造だけということになる。

それならば、頼りない村人たちなどに任せず、自分がこっそり後ろから近づいて、襲いかかってしまおう。あの厄介なスイカの蔓は、水を引き抜いて枯らしてしまえばいい。

そんな誘惑に、彼女の心は突き動かされる。単純すぎ……と思わなくもないだろうが、だいたい、そんな誘惑を断ち切ることができるならば、国を滅ぼすようなマネはしないのだ。

淫神モラルは陶然とした表情で舌なめずりをすると、そっと村人たちの人垣から離れて建物の後ろに回り込んだ。そして無詠唱の水の魔術を使って建物の壁板を凍りつかせ、続いて酸を使って音もなく削ってゆく。

壁が薄くなるとすかさずスイカの蔓が飛び出してきたが、モラルはあわてずにその手のひらを向けた。すると、枯渇の魔術によって緑の蔓は一瞬で干からび、動く力を失って根元からポッキリと折れる。

さぁ、これであの若造と中年男を守るものは何もない。

桁外れに魔力の強い彼らの欲望は、いったいどんな味がするのだろうか？

「うふふ、こんばんは。貴方たちがあんまり閉じ込もっているものだから、私のほうから来ちゃった」

夢見るような声に雌獅子(めじし)の渇望をにじませ、バリバリと枯れた蔓をかき分けるようにして、彼女は色とりどりの光を放つ花園の中に足を踏み入れた。

だが、中にいる連中もただそれを座って見ているわけではない。

「テメェ！　この俺に対してほぼ正面から喧嘩(けんか)を売るとか、ナメてんのか!!」

即座にダーテンがその拳に魔力を纏わせて殴りかかってくる。

「あら、いやん」

だが、あらかじめその動きを読んでいたモラルは、滑らかな舞いのような動きでその拳を掻い潜り、猫のようなしなやかさでその向こう側に足を踏み入れる。

「しまった‼」

モラルの足を向ける先に何があるかに気づき、ダーテンが切羽詰まった声を上げた。

彼女の狙いはダーテンの後ろで身構えているクーデルス。

そう。いくら彼女でも、闘神であるダーテンと殴り合って勝てるとは思ってはいなかったのだ。

つまり、最初からモラルの狙いはクーデルス。

穏やかで平凡な顔の下に、むせ返りそうなほどに濃厚な激情を匂わせた中年男であった。

「うふふ、さぁ、貴方はその分厚い眼鏡の下にどんな感情を滾らせているのかしら？　わたしに教えてくださらない？」

モラルはクーデルスの巨体を捕らえると、その分厚く逞しい胸に自らの胸を押しつける。

そして彼の眼鏡を取り払った瞬間、

「きゃあぁぁぁぁぁぁぁぁぁぁぁぁぁぁぁ⁉」

彼女は絹を裂くような悲鳴を上げた。

そこにあったのは……いや、なかったと言うべきだろうか？

前髪と眼鏡の向こうには、目も眉もないのっぺりとした肌だけが広がっていたのである。し

かも、その顔がパックリと縦に割れて、そこから無数の触手が彼女に向かって解き放たれたのだ。

「いっ、いやぁぁぁぁ！　助けてぇぇぇぇ!!」

全身を緑の触手に絡みつかれ、モラルは涙交じりに助けを求めた。

だが、頼るべき村人や団員たちは、飲めや歌えやの宴会真っ盛り。

そもそも、クーデルスの放った遮音結界のために、小屋の中の物音は一切外には漏れないのだ。

彼女がどれほど叫ぼうとも、それこそ神様にだって届かない。

「ちょっ、なによこの変なの！　いやっ、どこさわってんのっ！　あっ、ダメっ！　そんなっ！　らめぇっ!!」

魔術を放って触手を引き剝がそうにも、使おうと思った瞬間にものすごい勢いで魔力が触手に吸い取られてゆく。しかも、触手は彼女が痛くない……むしろ気持ちよくなるよう意図したかのごとく、モラルを優しく締め上げ始めた。

「すげぇなぁ、兄貴の言った通りになったわ」

もだえるモラルを見つめながら、ダーテンが腕を組んで呆然とそんな台詞を呟く。

その後ろで藁のベッドが盛り上がり、大柄な中年男が姿を現した。

「いやぁ、思ったより単純に引っかかってくださって、とても助かりましたよ。自分の欲望に忠実な貴女なら、きっと我慢できずに後ろから仕掛けてくる。さらに、ダーテンさんを狙わずに、私を優先的に落としにかかると読ませていただきました」

穏やかな口調で語るクーデルスに、モラルは激しい怒りを覚える。

「ちくしょう、謀りやがったなこのエロ親父！　痴漢！　変態！　あっ……だめっ、こんな……いやっ、やめて！　お願い、とめて！　おかしな気分になっちゃう!!」

「それは貴女がそういうことを求めているからでしょ？　何せ、それはダーテン君の鏡の力をこめた代物ですからね。貴女の欲望に従い、貴女の望むことをしているだけですよ。人のせいにしてはいけませんね」

涙交じりにもだえるモラルを見下ろし、クーデルスは冷たく言い放った。

脳味噌(のうみそ)まで筋肉でできていそうなダーテンだが、その本当の属性は地であり、特性は太陽の写し身である鏡。

クーデルスが色々と確認した結果、実は光を放つだけでなく、敵の能力を一時的に使ったり、反射したり、相手が強大であればあるほど自らの力も増してゆくという……かなりトリッキーな加護をもたらす闘神であることが判明したのである。

もっとも、ダーテンが理解していない力まではコピーも反射もできないため、本人の知性がかなり足を引っ張っているのは否めない。

「さて、貴女にはおとなしく天界に帰っていただきましょうか。さすがに第一級の不良神は私の手にも余りかねない」

「い、いやぁぁぁ！　お願い、やめて！　いま戻されたら、また封印されちゃう!!」

彼女の特性を考えれば、それが一番妥当な扱いだろう。

野放しにすれば、彼女はきっと我慢できずに人々の欲望を吸い尽くしてしまうからだ。

だが、送還の魔術を発動しようとしたクーデルスの手を、誰かが摑む。

振り向くと、ダーテンが真面目な顔で何かを考え込んでいた。

「いや、兄貴それなんだけどさぁ……俺と合祭ってことにはできないかな?」

「なぜです? 村の信仰を分散させてもメリットは何もないと思いますが? それに、彼女の暴走を貴方に止められるとも思えませんし」

思いもよらない提案に、クーデルスは思わず首をかしげる。

ダーテンにしても、彼女がいないほうが色々と都合がいいはずであるからだ。

「ほら、俺もなかなか地上に降りることができなくて色々とあったし……なんというか、嫌なんだ。わがままだってことはわかっているけど、どうにかできないかな?」

大きな体を丸めて、ダーテンはすがるようにクーデルスを見つめた。

その捨てられた子犬のような顔に、クーデルスはこっそり心の中で苦笑する。

「神である貴方が、神ではない私にお願いですか? 全く……立場が逆でしょう?」

「うぅっ、俺、すげーかっこ悪い」

そんな指摘にがっくりと肩を落とすダーテンではあるが、クーデルスは仕方がないとばかりにため息をついた。

「とりあえず、モラルさんの送還は一度保留ということでいいでしょう。けど、あまり期待しないで待っていてください」

「兄貴！」

パッと顔を輝かせるダーテンだが、そこに異を唱える者がいた。

「ふ、ふざけんな!!」

いったい誰であろう？　その声に振り向くと、それは触手で雁字搦めになっているモラルであった。

しかもその姿は、触手に捕らえられたまま無理に暴れたせいで、ただでさえ露出度の高い衣装がずれてしまい、もはや青少年には見せられないような有様である。

そんなあられもない格好のまま、彼女は吼えた。

「格下のテメエに、なんでアタシが同情されなきゃならねぇんだよ！　寝言は寝てから言え!!」

あぁ、なるほど。プライドというやつですね。

クーデルスは思わずポンと手を打った。

「では、今すぐ天界に帰りたいと？」

「はっ、やってみやがれ！　見てろよ、いつかもう一度天界を抜け出して、お前らに復讐してやる！　その時は、悲しみや絶望だけを残してお前らの感情を全部吸い尽くして……」

モラルの意図をたしかめるためにクーデルスが顔を近づけると、モラルはその顔に拳を叩きつけようと全力で藻掻く。

その拍子に、クーデルスの眼鏡が触手にぶつかって飛んでいった。

「……あ」

その瞬間、モラルはぼんやりした顔になって動きを止める。

しかも、その頬が微妙に赤い。

「すいませんが、敗北を認めてくれませんか？　でないと、今度こそ手荒な手段を使わなくてはならなくなります」

真面目な口調で語るクーデルスの顔を、なぜかモラルはいつまでもぼんやりと見つめ、そして素直に頷いたのであった。

さて、その後の話をしよう。

三人で色々と相談した結果だが、モラルが村人の精神を解放し、クーデルスは村人や団員の記憶をいつものトンデモ魔術で封印した。

そして、『神を呼ぶ儀式の時に異変があり、儀式の参加者は全員翌日まで気を失ってしまった』ことにしてしまったのである。

なお、ダーテンに関してはクーデルスの弟分であり、儀式でみんなが気絶した後に村を訪ねてきたということになっていた。

彼はクーデルスと共に気絶した村人を介抱したという話にしたため、ダーテンは図らずも村人から感謝の念を受けることとなる。

そして、その翌日……。

「え、聖堂の廃棄？　今頃になって何を言い出すのよ！　そんなの、できるはずないでしょ!!」

クーデルスの口から飛び出した提案に、アデリアが目を吊り上げる。

だが、クーデルスはそ知らぬ顔で書類にペンを走らせていた。

いや、訂正しよう。

アデリアの顔を直視できず、冷や汗をかきながら仕事に逃げていた。

「まぁ、色々とありましてねぇ。せっかく呼んだ神様ですが、性格の癖が強いので今の聖堂ではちょっと都合が悪いのです。それに、女神本人たっての、ご要望でしてねぇ……。ただ、アデリアさんの立場から言うと素直に賛同できませんよねぇ？　ええ、わかりますよ？

……………祟りで村を滅ぼしたいのなら、ご自由にどうぞ」

「きっ（きさま、それはずるい）、しっ（しね、このひとでなし）、おっ（おまえがやれ、ばかやろう）……ぐぐぐぐ…………。おほん。新しい聖堂はどこに作る予定ですか？」

色々と本音が口からはみ出しはしたが、クーデルスがこういう物言いをした時は何かとんでもないトラブルが潜んでおり、おそらく素直に受け入れるのが最善である。

短い期間ではあるが、アデリアは彼の言動の癖を着実に理解し始めていた。

「村のはずれにある溜池です。すでにダーテンさんが工事に着手してますよ」

「見に行きましょう。今すぐにです」

おそらく、放置すれば傷口は腐ってどんどん大きくなるだけである。

根拠はないが、女の勘というやつだ。

「いや、私まだこの書類が終わってな……」

「後で構いません」

無駄だと悟ったのか、クーデルスもまたペンを机に放り投げてしぶしぶ歩き始める。

さもなくば、次はヒールで股間を踏み潰されるからだ。

彼らが溜池にたどり着くと、そこはすでに新しい聖堂の建設が始まっていた。

そしてその中に、際立って異様な働き方をする人物が一人。

「ダーテン君、がんばっているようですねぇ」

「あ、クーデルスの兄貴。ちょりーっす」

ランニングシャツにぶかぶかのズボンという、土木作業員らしさをそのまま形にしたような美形の少年は、肩に担いでいた石材を地面に置いてこちらに手を振った。

その拍子に、ドスンと軽い地響きが引き起こされる。

「なんですか、彼。あの、どう見ても腕力が人間の限界超えているんですけど？」

「まぁ、私の弟分ですから」

なし崩しにダーテンの兄貴分ということになってしまい、クーデルスは苦笑いを浮かべながら、そんな説明にもならない答えを口にした。

それで周囲が納得するあたり、クーデルスの異常性はそろそろ彼らにとってただの日常になりつつあるようである。

「それでですねぇ、ここに聖堂を建てなければいけない理由ですが、この蓮なんですよ。彼女への信仰は、その蓮に口付けをするというやり方になります」

そんな台詞を告げながら、クーデルスは溜池の中に生えている蓮の葉を指差した。

実はこの蓮こそがモラルの感情吸い上げに対するストッパーになっており、この蓮を仲介して祈りを捧げる限りは廃人を生み出すことはないようになっている。

むろん作り出したのはクーデルスだ。

「ハート形の葉ですか？　変わった形の蓮ですね」

「ええ、新しくお招きした女神は、この蓮がえらくお気に入りでしてね。

この蓮のある場所に新しく聖堂を造れとおっしゃったのですよ」

……というより、この蓮がモラルがこの村で初めて降り立ったこの溜池でしか育たないのが、この無茶振りの本当の原因である。

「ずいぶんと無茶なことをおっしゃるのですね」

そのためにどれだけの時間と予算が必要になるか。復興計画の財布を握っている身としては、恨み言のひとつやふたつは言いたくなるのも無理はない。

「ですが、それで第一級の女神が守護神となってくれるというのだから、お安いものでしょう？」

「第……一級？」

自分の聞き間違いかと思い、アデリアはそのまま訂正が入るのを待つ。

村の守護神など、普通は下級神の役目である。

中級神になれば、どこかの大きな都市を守護するものだ。

そして上級神……特に第一級ともなければ、その国の首都が捧げられ、国の守護神となってしかるべきなのである。

だが、いつまでたってもクーデルスの口からそんな言葉は出てこなかった。

「なんでそんなことになってるんですかぁぁぁぁぁぁぁぁぁ!!」

「うごぉぉぉぉぉっ!?」

思わずアデリアが悲鳴を上げ、作業に携わっていた人々が何事かと視線を向ける。

そして多くの人々の見守る中、アデリアの靴の先がクーデルスの股間にめり込んだ。

「こんなの、真っ先に報告してくれなきゃ困ります！　はやく代官に……いえ、王太子と国王に同時に知らせを送らなければ！　あぁぁぁぁ、仕事が、仕事が際限なく増えてゆくぅ！」

「い、いやぁ、大変ですねぇ。私は美人の女神が降りてきてくれて、大変目の保養ですが」

「くっ、もう復活しやがりましたか！　本当に無駄にタフですね、馬鹿団長!!　そのうち切り落としてやる!!」

「ちょっとアデリアさん。それは嫁入り前の乙女の台詞じゃないですよ?」

「誰のせいで淑女の私が乙女をやめていると思ってるんですか！　この、昼行灯(ひるあんどん)！　なんちゃって団長！　頭の中、お花畑ぇぇぇぇぇっ!!」

そしてアデリアの派手な説教が始まる中、そんな彼らの姿を蓮の生い茂る水辺からそっと見守る影があった。

「……何よ、あのオッサン。前髪上げて眼鏡取ったらハンサムだなんて、ベタすぎるし、あまりにも卑怯じゃない」

そんな言葉を呟きながら、憎しみをこめて睨んだつもりなのだが、彼を見ているだけですぐに切なくなってしまい、呪いの言葉は甘いため息に変わる。

あの時……彼の深い色をした宝石のような緑の目を見た時から、モラルは自分の心がどうしようもなく乱れていることを自覚せざるをえなかった。

感情を吸って糧にする不良女神も、自分の恋の病だけはどうにもできないようである。

げに、罪深きはお花畑の魔王なり。

第七章……愛の罠を仕掛けましょう（ただし狂った慈悲で）

とまぁ、諸事情により急遽作ることになったモラルの聖堂だが、その暫定的な完成にかかった期間は僅か二日程度であった。

まずはクーデルスが無駄に優秀な力を発揮し、モラルが降りてきたその日のうちに元々の聖堂の設計をベースにしてざっくりとした設計図を完成させる。

そのあとは弟分であるダーテンが人間を完全に超越した力で組み立てを始めたのだが……飽きっぽい彼は途中から地の魔術を使い出し、その反則的な行動の結果ほぼ一人で聖堂の基本的な建設を終わらせてしまったのだ。

ただし、そもそもがザックリとした設計であり、さらにダーテンは細かい作業が苦手であったため、今は本業の大工が出来上がった代物を元に色々と微調整を行っているところである。

結局は素人仕事の尻拭いをするようなものであり、時間短縮にはなったものの、彼らにとってはかなりいい迷惑だ。

さて、形だけとはいえ聖堂が復活したことで、村には魔物が入り込めなくなり、治安に関しては本当にパトロールぐらいしかやることがなくなってしまった。

余った労働力は建物の復旧作業へと注ぎ込まれることになる。

「……ということで、団長は食料問題の解決をお願いしますわ」

「え？　食料は十分に持ち込んであるし、土砂の運搬とか力仕事はたくさんあるでしょ？」

村の建物の復旧を優先的に行うために、最初から食料はかなり多めに持ってきていたはずだ。

しかも、もうしばらくしたらサナトリアが追加の食料を持ってくる手筈になっている。

つまり、食料問題については『重要ではあるものの今は優先度の低い仕事』ということだ。

「団長には他の大事な仕事をお願いしたいと、建築家の方からの強いご要望がありましたの」

どうやら、先日の聖堂の設計図が建築家のお気に召さなかったらしい。

それでアデリアに散々クレームをつけたのだろう。

本人に面と向かって言ってこないのは、団長である上に得体の知れない魔術を使うクーデルスを恐れているからに違いなかった。

「まぁ、そのあたりの采配はアデリアさんにお任せしているから文句は言いませんけどね？」

とは言いながらも、明らかに不満たらたらな態度でクーデルスは口を尖らせる。

「で、私は具体的になんの仕事をすればいいんですか？」

「そうですわね……いつもの植物を成長させる魔術で、何か農産物を育ててくださいな。できるだけ早く収穫できて、できれば今後の産業に繋がるようなものが良いですわね」

もしもこの場にサナトリアがいたならば、なんと迂闊な……と称したに違いない。

このクーデルスという男に対してそのような曖昧な提案をするのがいかに危険であるかを、まだ彼女は知らなかった。

「では、このような作物はいかがでしょう？」

クーデルスが懐から取り出したのは、アデリアの小指の爪の先よりも小さな赤い種。

それを一粒だけ手のひらに載せ、彼はそっとアデリアに差し出した。

「なんの作物なの？　見たことがない感じですわね」

目の前の小さな種を睨みつけながら、アデリアは首をかしげる。

王妃となるための教育で様々な作物を目にした彼女ではあるが、このような種を持つ作物にはとんと心当たりがなかった。そして彼女がその正体について記憶を探っていると、クーデルスは思いもよらぬ名を告げたのである。

「それは麻(あさ)の種ですよ」

「麻⁉　貴方、なんてものを出してくるんですか！　いくら金になるからといって、そのようなおぞましいものを出してくるなんて‼　見損ないましてよ‼」

麻とは、非常に強い麻薬成分を持っており、この国ではその栽培や所持が厳しく制限されている植物である。

たしかに裏社会で売りさばけば莫大(ばくだい)な資金は得られるかもしれないが、確実に国からその罪を問われることになるだろう。

ましてや、村の産業にするなんて、とんでもない話だ。

「おやおや、何か勘違いをしてらっしゃるようですね。心配しなくとも、これは普通の麻と違って中毒性のある成分はほぼ作らないので、麻薬にはできない品種です」

「……本当でしょうね？」

「本当ですよ。その代わりに、成長スピードが普通の麻よりもはるかに早いんです。具体的に三倍ぐらい？　何せ、赤いので」

赤いからなぜ三倍早いのかは定かではないが、クーデルスは大きく頷いて説明を始める。

「麻とは、そもそもこの世界を作った創造神が知的生物を作った際に、生きる支えにせよと言って我々の先祖に与えた植物のひとつなのですよ」

「そういえば、一部の神殿で祭礼用に育てているという話を聞いたことがありますわね」

クーデルスの言葉の中に、ようやく自分の知識と合致する部分を見つけ、アデリアはなんとなく気持ちが落ち着く。

しかし、この男はいったいどこでそんな知識を学んだというのだろうか？

アデリアの疑問を他所に、クーデルスはさらに熱弁をふるう。

「この植物のすばらしいところは、成長が非常に早い上にその全てに使い道があって、捨てるところがどこにもないんです。有名なのは葉と花に多く含まれる麻薬成分ですが、これも使いようによってはちゃんと薬になりますし、それ以外にも肥料の材料として優秀です。種は非常に栄養価が高く、地域の皆さんの重要な栄養源となるでしょう。茎の皮からは糸が作れますし、茎自体は建築材料としても優秀です」

拳を握り締め、滔々（とうとう）とその熱の入った言葉を語り続けるクーデルスだが、その熱意にアデリアは背筋をのけぞらせた。

「なんか……やけに力が入ってますわね」

「……気のせいですよ。そして何よりも私がこの植物を勧めるのは、土壌の改良効果があるからなんです。実はこの地域、あんまり土が良くないんですよ」

その台詞に、アデリアは思わず目を見開く。報告書にはそんなことはひとつも書かれていなかったからだ。

「それは初耳ですわね」

「では、外に出て実際の土を見ながら説明をしましょう」

そう告げると、クーデルスはアデリアを伴って外に出た。

「大地というのはね、けっして不変の存在ではないんですよ。

特に我々が触れることのできる部分は、思いのほかその表情をよく変えているのです」

外に出たクーデルスは、そんな言葉を語りながら、アデリアを伴って荒れ果てた畑へとやってきた。しかしそこには麦が一本もなく、ただ洪水で流されてきた土砂が堆積(たいせき)しているのみである。

「土を知るには、まず触れてみるのが一番ですね。アデリアさん、そこの畑に入って。人差し指で地面を突いてみてください」

クーデルスはそう告げると、彼女を堆積した土砂のただ中へと誘った。

「こう……かしら?」

何をしたいのかはわからないが、おそらく意味あることだろう。

アデリアは言われるままに地面にその白くて細い指を突き立てた。

だが、その手入れが行き届いた爪が軽く刺さったぐらいで、地面はアデリアの指を拒む。

「ごらんなさい。土が固くて、中に突き刺さらないでしょう？　せいぜい、押したところが軽くへこむぐらいですね」

「でも、土なんてこんなものではないのかしら？」

少なくとも、アデリアが接してきた地面というものは、どこもこんな感じであった。

特におかしなことは何もない。しかし、クーデルスは首を横に振る。

「いいえ、違います。畑に適した土は、指を突き刺すとズブズブと中に入るぐらい柔らかいのですよ。試しに森で同じことをしてみればいい。その土の柔らかさに、きっと驚くことでしょう。いずれにせよ、こんな固い土では、植物が十分に根を張ることができません」

「つまり、この土をどうにかしないと作物の収穫は見込めないと？」

すると、クーデルスは大きく首を縦に振った。

「ええ。そのために、今日は貴女に土というものを簡単に教えてあげましょう」

そう告げながら、クーデルスは軽々と地面に指をめり込ませ、その畑の土をひとすくいする。

そして手のひらの中の土をアデリアへと見せた。

「この色をごらんなさい」

「色？　赤茶色をした普通の土では？」

だが、クーデルスは首を横に振る。

「普通ではありませんよ。土というものはその元となった岩石によって色々と色があるもので、一般的に言えば栄養に富んだ土というものはもっと色が黒いものです」

手に持っていた土をザラザラと地面に撒くと、クーデルスは地面に慈しむような視線を落としながら優しい口調で語り始めた。

「肥えた土というものは、植物が芽吹き、そしていつか枯れて大地に還るという、命の輪をいく度も繰り返し巡らせることで生まれます。その黒い色は、植物たちの亡骸(なきがら)が塵(ちり)となって累積したもの。つまり、この大地に注ぎ込まれた命の色なのですよ」

しかも、それは短い時間で出来上がるものではない。

枯れ落ちた葉や茎がさらに朽ちて黒く変色し、それが虫たちによって粉々に砕かれ、そうやってできたものがうずたかく層を成すまでどれだけの時間がかかることか。

「最後に、土を口に入れなさい」

「土を⁉」

クーデルスの言葉に、アデリアは驚きを隠せなかった。

当然ながら土は食べ物ではないし、不潔なものであると認識していたからである。

「はい、これはとても大事なことなのです」

そう告げると、クーデルスの指がアデリアの僅かに開いた口の中へと土を放り込んだ。

「うっ……ペッ、ペッ……口の中がじゃりじゃりしますわ」

「もう吐き出していいですよ。どうです？　酸っぱいでしょう」

「そう言われると、たしかに妙な酸味を感じましたわ」

なんとか指と唾液を使って土を吐き出し、アデリアは恨めしげな視線をクーデルスに向けた。

こんな淑女にあるまじき姿、とてもではないが両親には見せられない。

だが、そんな恨みのこもった視線を軽くいなし、クーデルスは今の行動の意味を語り始める。

「土というものは、大まかに酸味と苦味を持ちます。一概には言えませんが、基本的にこのふたつの土は相反する性質を持っておりまして、お互いを打ち消し合います。そして、植物によって酸味の強い土を選ぶものと、酸味のない土を選ぶものがあるのです」

「最初に土が良くないとおっしゃいましたわね？　つまり話の流れからすると、この村で育てている作物は酸味のない土を好むということかしら？」

「その通りです。この村の主要な作物は小麦や大麦。これは酸味のない土を好みます」

なお、小麦の発芽に適した土壌の酸性度は六から六・五。

ほぼ中性であるが、一般的にアルカリ性の土といわれる部類である。

「さて、話を戻しますが、この土を良くするには何をすればいいでしょうか？」

硬く小石が交じった土に手を当て、まるで痛む肩を揉み解すように指を這わせながら、クーデルスはそんな問いをアデリアに与えた。

今までの話をちゃんと聞いていれば、おのずと求められている答えはわかるはずだ。

「畑を耕して土を柔らかくし、苦味を持つ土を混ぜて酸味を中和する……ですか？」

「それが全てではありませんが、基本的にはその通りです」

アデリアの返答を満足げに受け取ると、クーデルスはゆっくりとした動きで立ち上がった。

その、目のほとんどを隠すような長い前髪を、少し生ぬるい昼下がりの風が僅かに揺らす。

いったいこの男はどこでそんな知識を身につけたのだろうか？

アデリアはその秘密を探ろうと彼の目を覗き込むが、白く光を照り返すレンズに阻まれてその向こうは見えない。

「ですが、畑を耕すにはとてもたくさんの労力が必要で、苦味を持つ白い土……石灰と呼ばれるものは費用をかけてどこかから持ってくる必要があります」

そして……石灰はこのあたりでは産出しないものである。

「でも、それは避けたい方向ですね？」

クーデルスの言葉に、アデリアは大きく頷く。

そもそも、労働力として大量に奴隷を購入したり、村人に十分な食料を支援したりと、この計画には大量の金がかかっている。

はっきり言って、領主が支援するよりも何倍も贅沢なやり方だ。

言い方を変えてみれば、こんな民を甘やかすようなやり方は無駄と言ってもいい。

……であるのに、経済的な条件があまりにも良すぎて、アデリアにとってはそこが最初からとても不気味であった。資金源がいったいどこから出ているのかは謎だが、その出納を預かる身としては、余分な支出は絶対に控えたい。きっと、こんなうますぎる話には何か大きな落とし穴があって、いずれ何らかのツケを支払わなければならなくなるに違いないからだ。

そんな不安を知ってか知らずか、クーデルスは彼女の手に、普通のものとは違う真っ赤な麻の種を押しつける。

「そこで麻なのです。麻は非常に細かい根を伸ばし、土を耕すのと同じように地面を柔らかくしてくれます。そして、刈り終わった麻を燃やして灰を作れば、この灰にも土の酸味を中和してくれる効果があるのです」

そうすることによって、畑の環境を小麦の育成に向いた中性の土に近づけ、さらに残っていた栄養をも大地に還す。

この無駄のないやり方は、まさに農民たちの受け継いできた経験則の成果であった。

「たしかにそれだけを聞けばいいことずくめですが、落とし穴はないのですか？」

「全くない……とは言いませんね。たとえば……私の用意した麻は麻薬成分が非常に少ない品種ですが、全くないわけではありません。さらに、近くに麻薬成分を多く持つ麻が生えていると、その花粉を受けて実った種からは、麻薬成分の多い麻が生えます」

なるほど、たしかにそれは恐ろしい。

小鳥たちが野生に生えている麻の種を食べて、その糞ひとつ畑に落とすだけで、危険物の大量生産である。

「ですが、それ以上にメリットは多いのです。ここで語りきることができないほどに」

怯えるアデリアに、クーデルスは悪魔のように優しく語りかけた。

「たとえば、今から手を入れて土を改良し、二毛作で麦や豆をもう一度植える。そうすれば、ギリギリではありますが、冬までに十分な食料を村人たちが自力で確保できるでしょう」

もしもそれがかなうなら、この計画に必要となる食料は大幅に少なくなるだろう。

それはあまりにも大きなメリットであった。

それでもなお、アデリアの顔は迷っている。

目はせわしなく左右に動き、答えを出すために追想と思案を繰り返していた。

そんな様子を、クーデルスは微笑みながら見守る。

「……怖いですか？　ですが、何をするにもリスクやデメリットのないやり方なんて、まず存在しませんよ」

「つまり貴方は、わたしにリスクやデメリットと付き合う方法を学べと言っているのですね？」

だが、その問いかけにクーデルスは首を動かさず、その眼鏡と前髪の向こうから、深い森を思わせる緑の目でまっすぐにアデリアの目を見つめた。

「強制はしません。貴女には貴女のやり方がある」

だが、それはこのやり方よりも効率がいいのか？　そして、どこで自分の理想と折り合いをつけるのか？　クーデルスの言葉の意味は、それを今のうちに決めてしまえということである。

その要求は苦悩の谷へとアデリアを突き落とした。為政者としてのクーデルスの指導は存外に厳しい。

「少し……時間をくださいな」

まだ若い彼女には、そう答えるのが限界であった。

だが、翌日。

アデリアは妙にスッキリした顔で職場に現れた。

「おや、その様子だと、答えは出たようですね」

「ええ、一晩かかりましたけど、ようやく自分がどうするべきか理解しましたわ」

クーデルスは彼女の言葉に頷くと、早速とばかりに自分の机から分厚い資料を持ち出して、アデリアの机の上に載せる。

「では、麻の栽培について説明を……」

「いえ、まだそれは必要ありません」

資料を開こうとしたクーデルスの手を押さえると、アデリアは笑顔のままそう告げた。

「その前に、私の出した答えを聞いてくださいますか？」

「わかりました」

そして、アデリアは緊張を和らげるために大きく息を吸い込むと、迷いのない口調でこう告げたのである。

「麻薬となる可能性が完全に存在しない麻を作ってください。それができないなら、他の方法を考えます。私は自らのリスクのツケを民に支払わせることはできない」

それは、聞く人によって『都合のいい話』『わがまま』だと判断されてもおかしくはない答えであった。耳に心地よい言葉ではあったとしても、およそ結果を出すための返答ではないかめた。

らだ。

「一言だけ言っていいですか？」

「どうぞ」

クーデルスはため息をつき、アデリアは批判に耐えるため背中に隠した手をぎゅっと握り締めた。

「青いですね、貴女」

「ええ、小娘ですもの。青いのも馬鹿なのも、若さの特権ですわ」

理想ではあるが、効率が悪くてできる可能性の少ない選択肢を選ぶ。それを愚かと呼ぶのはたやすいが、同時にこれほど美しい道もない。

「夢や希望という言葉は、お嫌いかしら？」

アデリアの言葉に、クーデルスはまぶしげに目を細める。

「いいえ、大好きですよ。恥ずかしくて自分では口に出せなくなってしまいましたけどね」

そう告げながら、クーデルスは手にした資料の中からいくつかのページを破り捨て、残ったものだけを彼女に渡した。

「貴女のおかげで、ずいぶんと忙しいことになりそうです」

「ごめんなさいね。でも、まだ私は大人にはなれないの」

悪びれることもなく、アデリアはその資料を手に取り、素早く目を通し始める。

ざっと見たぐらいでは理解ができないほどのその高度な内容に目を細め、彼女は笑って横目

でちらっとクーデルスを盗み見た。

「それに、すぐ隣には頼りになる大人がいますでしょ？　しかも、こんな無茶を言ってもかなえてしまうような」

そんな調子の良い台詞に、クーデルスは思わず苦笑いを浮かべる。

「人のプライドをくすぐるのがお上手になりましたねぇ。そして図太くなりました」

「ええ、何せ師匠が良いものですから」

褒めたのかけなしたのかもわからない台詞を、堂々と褒められたことにしてしまう。

これぞ悪役令嬢の面目躍如であった。そんなアデリアの面の皮の厚さに、クーデルスは笑みを深める。

「それでよいのです。人によっては人に頼りすぎだと言うかもしれませんが、目的のためなら自分のプライドにこだわらない貴女のほうが私は好ましいと思います。支配者というのは方向性を決めるだけでよいのです。細かく考えることは、使われる立場のものがやればよろしい」

そしてクーデルスはゆっくりと一礼すると、口調を改めて彼女に告げた。

「そして使われるほうからの言葉ですが……三日ほどくださいますか？　全ての麻から毒を完全に抜くことはできないかもしれませんが、影響を完全に封印する手段を作ります」

そして三日後。

クーデルスに呼び出されたアデリアは村はずれにある荒れた畑に呼び出された。

「新しい苗が完成したにしても、何もこんな日に外へ呼び出すなんて、淑女の扱い方がなっておりませんわ」

初夏も過ぎつつある今日は、文字通り雲ひとつない青空。強くなり始めた日差しに辟易（へきえき）しつつ、華奢（きゃしゃ）な日傘に粗末な麦藁（むぎわら）帽子というアンバランスな姿で、アデリアは不満を口にする。

そして背中に汗をかきつつ、畑の横に建っている小屋までやってきたのだが……肝心なクーデルスの姿が中に見当たらない。

だが、途中で会った村人たちも奴の姿を見たと証言していたし、このあたりに来ているのは間違いないはずだ。なら、どこに行ったというのか？

「このわたくしを呼び出しておいて、いい度胸ですわね」

そんな恨み節を口にしつつ、外の景色の中にクーデルスの姿を探せば、洪水によって出来上がった砂利と小石だらけの荒地の真ん中に、黒いローブ姿がポツンと立っている。

「ちょっと、団長！　人を呼び出しておいて何をしておりますの!!」

すると、クーデルスらしき人影はアデリアのほうを振り向いて、大きな身振りで手招きをする。

こちらに来いということらしい。何様のつもりだと一瞬思ったが、よくよく考えればクーデルスは団長で、アデリアの役職はその副官である。

心の中で悪態をつきながらも、アデリアはしぶしぶ外に出てクーデルスの元へと歩き出した。

「ようこそ、アデリアさん」

「……人を呼びつけておいて、ずいぶんと酷い扱いですわね。私が日焼けしてしまったら、どう責任をとるおつもり？」

「あぁ、それは失礼」

アデリアがそう抗議すると、クーデルスはなんでもないとのように指を鳴らした。

不意に周囲が薄暗くなる。気がつくと、巨大な花がまるで天蓋のように彼女の頭上を覆っていた。詠唱はおろか、魔術が発動する気配すら感じさせない妙技である。

「相変わらず魔術の腕に関しては底が見えませんわね。ところで本題に入りますけど……ございましたの？　麻から毒を消し去る方法」

「ええ、結果的に……ということになりますが」

「よく意味がわからないわ」

どこかはっきりしない答えに、アデリアは首をかしげざるをえなかった。

そんな彼女を前に、クーデルスは淡々と説明を始める。

「まず、生えてくる麻から全ての毒を抜くことはできません。周囲に自生している麻を駆除しても、鳥がどこからか運んできてしまいますからね」

「それで？」

いきなり否定から始まった説明に、アデリアは冷静に聞き返した。

なぜなら、この男ができたと言ったのだから、そこに嘘やごまかしがないことを知っているからである。

「ですので、毒をもった麻はこれに食い尽くしてもらいます」

「……これ？」

そう言ってクーデルスの指したのは、畑の土。

釣られるようにアデリアも視線を落とすが、特におかしなところはない。

いや、よく見ると何やらもぞもぞと土が動いている。

「特殊な性質を持つダニです。麻薬効果のある麻を好み、普段は麻と共生していますが、毒性を感知すると爆発的に増えて問題のある個体を喰らい尽くし……」

「きゃあぁぁぁぁぁぁぁぁぁぁぁぁぁぁぁぁ!!」

クーデルスの説明が終わるより早く、ダニの絨毯の上に立っていたことに気づいたアデリアが、絹を裂くような悲鳴を上げた。

その後、目を覚ましたアデリアがクーデルスをどうしたかについては……ご想像にお任せしよう。

さて、農地にて後々まで響くトラウマを植えつけられてしまったアデリアだが、その後に思わぬ人物の訪問を受けていた。

「珍しいですわねダーテン。貴方が私に用があるとは」

普段のダーテンは、兄貴分であるクーデルスや仕事の報告先である村長にしか話しかけることはない。

……というより、どうやらダーテンはアデリアのようなタイプの女性が苦手なようである。

「うーん、まぁ、なんていうかさぁ。ちょっと気になることがあるんだけど、他の奴じゃ頼りねーし。あんた、俺より頭いいだろうし、クーデルスの兄貴相手でも物怖じしないし、今回の俺の悩みに関しては一番頼りになるんじゃねーかなって」

ダーテンの口からこぼれた台詞で、アデリアは想像を巡らせていくつかの推論をはじき出した。

クーデルスに物怖じをしないのが条件ということは、クーデルスにとって隠したいことか不利益が絡むことなのだろう。

そして他の人間が頼りないからといって、わざわざ苦手なアデリアを頼るということは、それなりにリスクのある内容である可能性は高い。

「まぁ、それで私に？　頼りになると思われたのは光栄ですわね」

アデリアは微笑みながら手にしていた書類を閉じた。もしかしたら、少し長い話になるかもしれない。

「立ち話もなんですから、そこの椅子にお掛けになってくださいな。お茶ぐらいはご馳走(ちそう)してよ」

書類を片付け終わると、アデリアは魔道具(アーティファクト)であるポットを指先で叩いて中の水を沸騰させる。

そしてクーデルスから譲ってもらったとっておきの紅茶の蓋を開けた。

麝香葡萄(マスカット)を思わせる甘く清々(すがすが)しい香りが部屋に漂い、アデリアもダーテンもそろって目を細めて微笑む。

「おお、それってかなりいい茶葉じゃね？　銘柄までは知らないけど、夏摘みの上等なやつ？」

「まぁ、おわかりになるの？　嬉しいわ」

――どうやら、先方はお茶の良し悪(あ)しがわかる相手のようだ。

一見して軽薄そうなダーテンの、意外な趣味の良さにアデリアは目を細める。

最適な温度を見計らい、適度な速さで中身をゆすり、そして細心の注意を払って最後の一滴まで搾り出すと、彼女は温めておいた無地の白いティーカップをダーテンに差し出した。

「へぇ、てっきり派手なカップで出てくると思ったけど、これは意外だねぇ。でも、極限まで飾りを捨てた白磁ってのも、あんたらしいといえばあんたらしいな」

「でしょう？　飾りがないからこそごまかしが利かない。形や陶石の質、そして職人の腕が浮き彫りになるわ。虚飾だらけの貴族社会にいるからこそ、飾りの多いものよりもこういう極限までシンプルな物のほうが愛(いと)しいのよ」

そこまで語った後に、二人はどちらともなしにお茶に口をつけた。

何も言わず、ただ茶を楽しむ。

五分ほどそんな時間が続いただろうか、口を開いたのはダーテンだった。

「さぁて、そろそろ本題に入ろっか。俺が気になっているのは、この村が被災した時の状況なんだよ」

「まぁ、意外ですわ。私以外の方がそこに興味を持つなんて」

心底驚いた顔をしつつ、アデリアはひそかに喜びを感じていた。

──まさか、こんなところから協力者候補が現れるだなんて思ってもみませんでしたわ！

以前から村の被災状況については何かおかしいとは思っていたのだが、あまりにも多忙なためにその部分に手をつけることができずにいたからである。

クーデルスに問いただしても、どうもあまり知られたくないことがあるらしく、のらりくらりと話題をそらされてしまうのだ。

それはアデリアを試しているのか、本当に知るべきことではないのかは判断できない。

だが、いずれにせよ知らないことがあるというのは気持ちの良いことではなかった。

「まず気になったのは、周辺にも同じような条件の村はいくつかあるのに、この村だけが妙に被害が大きいことだ」

なぜ、この村を守る堰だけが修復もされず老朽化していたのか？　そして近隣の村人が復旧の手伝いに来ないのか？

「そして、復興を冒険者に任せっきりなのに、代官は視察にも来ないことね」

アデリアの言葉に、ダーテンは深く頷く。代官がここに来ない理由については村人に恨まれているからだが、なぜ恨まれているかについては情報が全くなかった。

そもそも、他の領地の手を借りないにしても冒険者の手を借りるというのはまずありえない。

しかも、丸投げというのはやはり少しおかしかった。そんなやり方は、ほぼ嫌がらせである。

なぜなら……冒険者はならず者の集まりという認識が一般的だからだ。

名の売れたアイドル的冒険者ならば話は別かもしれないが、そんな上級冒険者はここに来ていない。もっとも、来ていたとしても荒事が専門の彼らに華々しい出番などあるはずもないのだが。

「いろいろと不自然なのよ。事情については一応聞いているけど、まるでとってつけたような理由ばかりの気がするわ。そこはかとなく一貫性がないというか……」

顔を曇らせるアデリアの言葉に、ダーテンが頷く。

「それなー。ここのみんなが代官をすごく恨んでいるのは知っているけどさぁ。なんで恨んでいるのか村人に聞いてみてもみんな言葉を濁すんだよな。仲間はずれっぽくて、マジ悲しくね？」

「同感ね。あれはまるで……家族を殺された方々の恨み方に近いわ。実際に堰の老朽化で男手を失っているから、殺されたも同然ではあるけど。でも、家族をそれで失った人以外でも似たような恨み方をしているし、他に何か原因があるとしか思えないのよ」

そんな風に意見を交わす二人だが、同じ疑問を持っていることがわかっただけで特に何か新しいことがわかるわけでもない。

もっとも、どちらも問題の解決など最初から期待してはいないのだが。

しかし、彼らは別に無駄なことをしているわけではない。

「とりあえず、誰かに話せてスッキリした。なんつーか、俺、こういうの腹に抱えてるの苦手なんだわ」

ダーテンはそう告げると、お茶を飲み干して立ち上がった。

アデリアのほうも話すべきことはもうないらしく、引き止めようとはしない。

「私も同じ疑問を持っている人がいるとわかって心が軽くなったわ。もし何かわかったら知らせてくださる？」

「おぅ。そっちも何かわかったら教えてくれ」

そんな挨拶を二人が交わした、その時であった。

アデリアの私室のドアが開く。

「し、失礼します。あ、あの……」

遠慮気味に入ってきたのは、村長であった。

おそらく急を要する知らせが入ったために走ってきたのであろう。

村長の髪は乱れ、少し息も荒かった。

「あら、どうかしたのかしら？」

アデリアが用件をたずねると、村長は一度下を向き、息を整えてから顔を上げる。

そして、炯炯（けいけい）と鬼火のように不気味な光を放つ目をしてこう告げたのだ。

「代官が……代官がこの村にやってきます」

第八章……ハンプレット村殺人事件

代官が来ると聞いたアデリアとダーテンが真っ先に向かったのは、クーデルスのところだった。

「おや、アデリアさん。よいところへ。ちょうど今、サツマイモ（ボニアト）という根菜を試しに作ってみたところなんですよ。よかったら試食してゆきませんか？」

芋を片手に地味で陰気な大男は微笑みながら振り返る。なお、彼がいたのはちょっとした計算違いで通常の三〇〇倍の速度で生長した麻を、証拠隠滅もかねて焼き払った跡地……今は緑の蔓草の生い茂る畑のド真ん中である。

そしてさりげにダーテンが視界に入っていないあたり、この男も大概だ。

「団長、お話があります！」

アデリアが真剣な顔で話を切り出すと、クーデルスもまた表情を引き締めた。

そして震える声でたずねる。

「ずいぶんと真剣な顔ですね。ま、まさか、ダーテンさんとの交際を認めてほしいと⁉」

「お願い、ダーテン」

「よし、きた。正気に戻れ、このお花畑ぇ!!」

アデリアが呟くと同時に、ダーテンの拳がクーデルスを畑の彼方へと消し飛ばした。

もっとも、顎に手を当てながらあれーおかしいなという表情のまま飛んでゆくあたり、全く堪えた気配はないが。

「団長、お話があります。真面目に聞いてください」

ダーテンに頼んでクーデルスを回収すると、畑の畦の縁に立ちつつアデリアはため息交じりに嘆願した。なお、先日のダニ大繁殖事件の後からアデリアは一切畑に入っていない。よほどのトラウマになってしまったらしい。

「ほら、兄貴。ちゃんと起きてくれよぉ。大事な話があんだからさぁ」

ダーテンが責めるような声色で話しかけると、クーデルスは畑の上で上半身を起こし、面倒そうに頭を掻いた。

「代官が来るという話についてですか?」

「ご存じでしたか」

だったら最初から真面目にやれとは言わない。

どうせまともな答えなど返ってこないのだから、そのまま流すのが一番疲れないのだ。

「先ほど知らせを受けました。まぁ、第一級の神がこんな辺鄙な村に降りたとあっては、そうなるでしょうねぇ」

そう呟くクーデルスの顔に、特に感情の乱れはない。

本来ならばクライアントの視察なのだから、緊張感が漂わなくてはいけないはずである。

ましてや、アデリアの尽力にもかかわらずこの村はかなり歪な復興を遂げていた。

第一級神の招致、ダーテンの怪力と魔術による尋常ではない建物の復旧速度、麻の異常繁殖による農地の緑地化。結果だけを見れば望外の成果だが、経緯と内容の詳細は色々と危険すぎて人には見せられたものではない。

「ぜんぜん驚いてませんね。もしかして、これも貴方の計画のうちなのですか？」

「まぁ、全てが思い通りというわけではありませんが、予定通りといえば予定通りですね」

苛立ちを隠そうともせずにアデリアが問いただすと、クーデルスはそんなことかとばかりに肯定してみせた。

「私が祭壇に神をお招きする時も、何かしましたね？　望んだところで、私にあんな上級の神を呼べるはずはありませんもの」

「否定はしません」

否定しないどころか諸悪の根源ではあるのだが、いけしゃあしゃあとしらばっくれる。

その鉄面皮と強心臓に、アデリアの横で黙って話を聞いているダーテンの頬が引きつった。

「つまり、私が成すこと全て、貴方の手のひらの上だったということですか」

恨みがましい言葉を投げつけるアデリアだが、言うほど腹は立てていない。

クーデルスに悪意はないし、踊らされたのはひとえに彼女が未熟だからである。

そんな思いを知ってか知らずか、クーデルスは小さく肩をすくめた。

「そんなに綿密な策だったわけではないんですよ。私としては、代官がこの村に来なくてはならないようになれば、その理由はなんでもよかったんですから」

「……代官をこの村におびき寄せて、何をさせようというの」

不吉な予感に、アデリアの声が鋭くなる。

この村の住人たちが代官に向ける憎しみは本物だ。

そんな状態で代官を呼び寄せれば、血の雨が降ってもおかしくはない。

だが、そんな状況をクーデルスがわざと作り出す理由がどうしてもわからなかった。

そんなことをしても、彼には全くメリットもなければ意味すらないからである。

すっきりとしない状況にアデリアとダーテン二人そろって眉間に皺を寄せていると、クーデルスから思わぬ提案が示された。

「せっかくだから、ご自身で考えてみてはいかがですか？　最近は仕事のほうも順調すぎて退屈でしょうし。そもそも団長は私ですから、貴女が探偵ごっこをする間ぐらいは仕事の面倒を見ますよ」

――遊ばれている。

アデリアとダーテンがそう理解したのは一瞬だった。

こんな提案をされるのは、どうせ真実にはたどり着けないだろうという自信があるからだろう。

だが、間違いなく当事者であるというのに何も知らないでいることなど、この二人に耐えられるはずもなかった。

「もしかしたら、貴方の思惑の邪魔をしてしまうかもしれませんわよ？」

「おや、それは楽しみですね。お手並みを拝見しましょう」

精いっぱいの皮肉をこめたアデリアの台詞だが、クーデルスは余裕の笑みで受け流す。

そんな態度にカチンときたのだろうか？　アデリアとダーテンの表情が怒りに染まった。

「後で吼え面かいても知りませんことよ！」

「後で素直に話していたほうが良かったって後悔しても知らねーからな‼」

二人分の捨て台詞を残すと、アデリアとダーテンは不機嫌を丸出しにした状態で村人たちの仮設住宅がある方向へと歩き出す。

そんな二人の背中を見つめながら、クーデルスはやれやれと肩をすくめた。

「何も知らないでいることが一番幸せなのに……仕方がない子たちですねぇ。私が代官を殺すとでも思っているのでしょうか？　あんな小者には全く興味がないというのに」

二人が聞けばますます困惑するような言葉を呟きながら、クーデルスは穫（と）れたばかりのサツマイモ（ボニアト）を焼く準備を始める。

どことなくワクワクした気分で落ち葉をかき集めて火をつけ、クーデルスは濡（ぬ）れた葉で芋を包むと、焚き火の中に放り込んだ。そして弱火の遠火でじっくりと火を通しながら、彼はふと思い出したかのようにボソリと呟いたのである。

「まぁ、たぶん代官は死ぬでしょうけど、彼女たちに止められますかねぇ」

なお、この作物を美味しくいただくために収穫の後に一カ月ほど熟成が必要であることを彼が思い出すのは、およそ三時間後。わくわくしながら焼けた芋を一人でこっそり食べ、全く甘みがないことに肩を落とした時であった。

翌日。

アデリアとダーテンは何も成果を得られないまま、代官の到着を迎えた。

いや、正しく言うならば、代官の訪問が突然すぎてそちらの対応に忙殺されていたというのが正解だろう。

てっきり肥え太った豚野郎が来るのだと身構えていたアデリアたちであったが、やってきたのは、三〇代半ばの引き締まった体つきの男であった。

元は国境近くの警備をしていた騎士でもあったらしく、腰に差した剣も妙に様になっている。

だが、強欲そうで好色そうな顔はイメージ通りであった。

闘神であるダーテン曰く、人間としてはそこそこできるが、鼻息で殺せる程度。

この村の戦力を考えれば、戦闘力としては全く脅威にならないらしい。

「初めてお目にかかります。わたくしはこの村の復興支援団の副団長で、アデリア。団長より、代官殿の案内をおおせつかりました」

「副団長？　しかも、女……それも、奴隷市場の見せしめ悪女ではないか。この私を馬鹿にしているのか！」

アデリアが挨拶をするなり、代官は鼻を鳴らして彼女を見下した。

……ように見えて、その視線はアデリアの胸や腰のあたりを無遠慮にさまよっている。

それに気づいた彼女は、青い炎のような気迫を纏いつつニッコリと笑ってスカートのすそをつまむと、まるで優雅な舞のような動きで挨拶をしてみせた。

それは代官ごときでは一生お目にかかれないような、最高位の淑女の礼。

美しく、そして隙のないその仕草だが、おなじレベルの礼を返せなければ、周囲から格下として判断されてしまう危険をはらんでいる。つまり社交界においては人が殺せる武器のひとつだ。

その意味はわからなくとも毒蛾（どくが）の翅（はね）に触れてしまったような錯覚を覚え、代官は思わず一歩後ずさる。

「団長は主にこの領地で新たに栽培する作物の研究をしているので、運営はわたくしが担当させていただいております。ですので、視察の同伴者としてはわたくしが適切との判断ですわ」

「そ、そうか」

そして彼は理由もわからず、アデリアの気迫に飲み込まれる。

代官の顔から冷や汗が一滴したたり落ちた。

堕（お）ちたといえども、アデリアは女王になるべく育てられた者。

本質的に、たかが代官ごときが尊大に振る舞える相手ではないのである。

居心地悪そうにする代官を尻目に、他の団員たちは心の中でこっそりと拍手を送るのであった。

そしてアデリアが様々な説明をしながら、殺意のこもった視線の飛び交う村の中を案内し始めたのだが……とある畑で問題が起きた。そこに生えている背の高い作物を見るなり、代官は目を見開き、全身に汗をかきながら叫んだのである。

「き、きき、貴様ら！　これがなんだとわかっているのか⁉」

彼が震える指で指し示したものは、土壌改良用に栽培している麻であった。

「はい、麻でございますわ。品種改良により、麻薬としては使えませんが」

「麻薬ではない？」

「はい。お疑いでしたら、お試しになりますか？」

「い、いや……結構だ」

アデリアがニッコリと微笑みながら説明を加えると、代官はまるで悪い夢でも見たかのようにかぶりをふって会話を終わらせる。

だが、そこでふとアデリアはあることに気がついた。

「それにしてもすばらしいご慧眼ですわね。稀に自生しているとはいえ、神殿以外では所持も栽培も資料の閲覧も禁止されている植物を、麻だとひと目でおわかりになるとは」

それができるのは、前に麻を見たことがある者だけである。

この代官はどこで麻を見たというのだろうか？

「ま、まぁ、以前に見たことがあってな」

「参考までに、どこでお見かけになったのかお伺いしても？」

神殿の人間以外で麻を見たことがあるとすれば、それは四つに分かれる。

ひとつは言うまでもなく麻の栽培に関わる神官たち。

ふたつ目はクーデルスのような得体の知れない学者連中。

そして残りふたつは、違法に麻を栽培して麻薬を作る犯罪者と、それを取り締まる専門の人間である。

代官がどれに当てはまるかといわれたら、最後のどちらかになるのは必然であるが……。

「さて、ずいぶんと前のことだから忘れてしまったようだ」

代官はアデリアから目をそらすと、あまり上手くない嘘をついた。

——あぁ、こいつ麻薬に手を出したことがあるのか。

アデリアは心の中のメモにそっと情報を書き込む。

「では、一通り農地の視察も終わったと思いますので、モラル様のおわす聖堂へとご案内いたしましょう」

「い、いや。まだ農地はこの先にもあるだろう。この際だから全部見ておきたい」

なお、この先はクーデルスが色々と実験的な作物を育てているエリアであり、代官に見せたくはないものだらけである。

別に見せてもかまわないのだが、かなりまともなものでも人間そっくりなスイカ（サンディア）であったり、蛇のようにのたうつ蔓を生やして人に絡みついてくるサツマイモ（ボニアト）だったりと、遭遇したが最後……夜中にうなされそうなものばかりなのだ。

何よりも、この先の畑はクーデルスが農地の管理用に撒き散らしたダニだらけなので、アデリア自身が近づきたくない。

「わかりました。別にまずいものがあるわけではないのですが、少々刺激の強いものがあります。後悔なさらぬように」

アデリアの冷ややかな声に、代官一行はゴクリとツバを飲み干す。

その後、村の片隅で代官とその従者の悲鳴が何度も響き渡った。

宿泊場所である村長の屋敷へと帰ってくる頃には、アデリア以外の全員が青褪(あおざ)めて、ゲッソリとした表情になっていたのは言うまでもない。

そして、代官は自分の部屋に入った後で、吐き出すようにしてこう語ったという。

「お、恐ろしいものを見た。戦場で死人の山を見た時ですら、あんなに恐ろしいと思ったことはない」

そんなわけで、恙(つつが)なくどころか恙だらけの視察の一日目が終わりを告げた。

だが、二日目の視察が行われることはなかったのである。

……ある痛ましい事件によって。

それは、村を訪れた代官がクーデルスの研究成果によってあまりにも強烈なトラウマを植えつけられ、寝室送りにされた後のことである。

疲弊しきった代官は、人払いをした上で二階にある自分の部屋に引きこもっていた。

「全く……いったい何が起きたというのだ⁉」

誰もいない部屋で粗末なベッドによろよろと腰をかけると、代官の口から思わずそんな台詞が漏れる。

彼にとって、この村の有様は何もかもが計算違いだった。

災害で荒れ果てた田舎の村に第一級の女神が降りたというのであわてて確認をしに来てみれば、状況はそれどころの話ではない。

自分が知っている限りこの村は、上流の鉱山からあふれた鉱毒だらけの水で汚染されてしまい、もはや誰がやっても向こう数十年はまともな農地にはならないはずであった。

だが、農地にそんな痕跡はなく、それどころか鉄と銅でできた精巧な薔薇の彫像が村を守る壁になってしまっているではないか。

しかも、村を飲み込んだ大量の土砂はすでに完全に撤去されてしまった上、仮設住宅どころか新築住宅としかいえない建物が立ち並び、挙句の果てには新しい聖堂まで造られているではないか！

どう考えてもおかしい。報告を受けている労働者の人数と時間では、とうていこんな真似はできないはずである。いったい何が起きた？

まさか、新しく降りた女神が直接手を下したのか？　だが、そうとしか考えられない状態である。

何をどうやって、あの神々という気まぐれな存在を唆したというのだろうか。

しかし、もっともおかしいのはあのクーデルスという復興支援団の団長だ。

無毒な麻などという旨(うま)みの少ない代物をわざわざ作っただけでも頭がおかしいというのに、奴の作ったものはそれだけではなかったのである。人型の動くスイカだの、敵対的な存在を自己判断して捕食する巨大な触手だの……あれはもはや生物兵器だ。

しかも、その理由ときたら……。何がこの村の自治に必要な代物だ！　明らかに過剰戦力ではないか!!　世間に露見すれば、内乱を企んでいると思われても仕方のない代物だぞ!!

「いったい何がどうしてこんなことになった！　こんなもの、異常すぎて上に報告できんわ！あんなものを作っていることがばれたら、私が監督責任を問われるぞ、クソっ!!」

そもそもの話、復興支援を冒険者ギルドに丸投げするという状況自体が異例である。

内乱の疑いがかけられた際に、代官である彼の関与を疑われないはずがない。

「おのれ、下民共め。どこまでこの私に逆らえば気が済むのだ!!」

冒険者に復興を任せたのは、本来は嫌がらせのはずだった。

だが、現実は復興が進まないどころか別次元の危険な代物へと進化し始めている。

いったいこの状況をどうするべきか？

第一級の女神が降りたとあっては、神殿の連中も遅かれ早かれ視察にやってくるだろう。その時、あの恐ろしくも忌まわしい植物群が目に入れば、恐怖のあまり異端扱いされる可能性は十分にあった。事が異端審問となると、村に嫌がらせをするどころかこっちの尻に火がつきかねない。

ならば、今のうちに見られてはまずいものを処分させるか？

だが、下手に復興支援団の連中から反感を持たれるのはまずい。

今の状況で村人共と結託でもされれば最悪である。

そうなった場合、どう考えてもあの戦力を秘密裏に始末できるとは思えない。

いや、最悪なのは……この状況においてもなぜか危機感を普段より感じないことだ。

新しく造られた聖堂の視察に行ってからというもの、感情がどうにも希薄になってしまい、自分が自分でなくなってしまったような錯覚を覚える。

「わからない……全くもって何がなんだかわからない」

だが、一人で部屋にこもっていても何も解決できないどころか、気分が塞ぎ込むばかりだ。

こんな時はアレに限る。

代官は疲れた足取りで部屋の入り口までやってくると、閂がしっかりとかかっていることを確認して大きく頷いた。

これから行うことは、決して他人に見られるわけにはいかないからだ。

「全く……あの団長とやらも、どうせ麻を育てるならば、普通の麻をこっそり育てて提供してくれたらよかったものを」

苛立たしげにそう呟きながら、代官は窓を開けて懐からタバコを取り出す。

そして慣れた手つきで煙管に火をつけると、独特の香りが広がった。代官は満足そうに笑みを浮かべると、大きく煙を吸い込み、ゆっくりと窓の外へと吐き出す。

二階にあるこの部屋からならば、外にいる連中にこの香りを気取られることもない。

「おおお、これぞまさに神の福音」

すると、先ほどまで苦悶に歪んでいた代官の顔がうっとりと夢見るように緩んだ表情になった。

その頬には赤みが戻り、まるで天国の中にいるかのようである。

だが、それは決して人が手を出してはならぬ禁断の果実。

彼にその報い、言葉にするも忌まわしいほどの惨い罰が下るのは、この後すぐのことである。

「なんだ……これは？」

彼は腕を這う小さな痒みに目を落とした。

最初、それはなんでもない、実に取るに足らない存在だったのである。

だが、ほんの瞬きするほどの間に、ソレは恐るべき本性を現した。

「ぎゃあぁぁぁぁぁぁぁ！　誰か！　誰か助けてくれ!!　やめろ、やめてくれ！　虫！　むむ、虫！　虫が！　食われる！　嫌だ、こんな死に方は……あぁぁぁぁぁぁぁぁぁぁ!!」

代官の部屋から聞こえてきた悲鳴に、護衛の者たちがあわてて駆けつけるが、そのドアは内側から固く閉ざされていた。そしてドアの向こう、代官のいる部屋の中からガシャーンと窓ガラスが割れる大きな音が鳴り響く。

これは確実に非常事態だ。もはや手段を選ぶ余裕はない。

「えぇい、こうなったら無理やりドアを壊すぞ！　やれ！」

「ご無事ですか、代官殿！」

護衛の兵士たちが武器を振りかざし、一〇分ほどかかって閂のかかった頑丈なドアを破壊した。

そして彼らが部屋の中に見たものは……赤黒い汚泥の中に浮かぶ真新しい白骨死体だったのである。

代官の死というショッキングな話題は、風よりも早くハンプレット村……はおろかライカーネル領全体に広がった。

しかもどこから漏れたのか、翌日の昼にはその異常で不自然な死に様をハンプレット村の村人全員が知るところとなったのである。

人々は噂（うわさ）した。

いったい、何ゆえに代官はこのような恐ろしい死に様を迎えることになったのか？

ある者は、この村を去った前任の守護神の下された天誅（てんちゅう）であると語り、またある者は高名な呪術師による呪いだと語る。

いずれにせよ、領地の管理者が突然の死を迎えたのだ。

近いうちに領主である王太子の手の者が調査に来るのは間違いない。

だが、その前にクーデルスからこの事件についての説明があるという。

村人たちはこぞって、その説明の会場である村長の家へと集まった。

そして村人たちが集まると、クーデルスはなんの気負いもなく、まるで世間話でもするようにこう告げたのである。

「あー、皆さん。最初に結論から申し上げますと、これは事故です」

その短い言葉に、村人たちがざわめいた。

それは、村人たちの求めていた言葉ではなかったからである。

「亡くなった代官殿には申し訳ありませんが、我々が彼の葬儀に関わっているヒマはありません。代官の葬儀は彼の親族のいる街で行われますしね。私がご遺族に遺体を引き渡す手続きをしておきますから、皆さんは通常勤務に戻ってください」

まるで感情のこもらない、事務的な説明。

だが、そんな言葉では村人たちの気が収まるはずもない。

会場のあちこちから、納得できないと言わんばかりの不満げな小声がちらほらとこぼれていた。

そんな様子にクーデルスは大きくため息をつくと、皮肉たっぷりにこう告げたのである。

「それとも、あなた方が望むように誰かの手による殺人事件にしたほうがよろしいですか？貴族の手下である調査官の自宅訪問を受けたいというなら、やぶさかではありませんが」

その瞬間、村人たちは魔法にでもかけられたかのようにピタリとその口の動きを止めた。

「わかってくださったようで何よりです」

クーデルスがニッコリと微笑みかけると、村人たちもぎこちない顔で笑い返した。

「皆さんこれは事故だということでよろしくお願いしますね。では、解散！」

そこへ、パチパチパチと拍手が鳴り響く。振り向くと、感心したとも呆れたともとれる顔をしたアデリアが、微妙な視線をこちらに向けていた。

「おや、アデリアさんは納得してくださらないのですか？」

「感心はしましたわ。よくもまぁ、そんな穴だらけの風呂敷で人を抱き込めるものだと」

まるで、詐欺師ですわね。アデリアはそう言いながら鼻を鳴らし、村人たちはハッと我に返る。

そう。この事件が事故かどうかを判断するのはその調査員であり、クーデルスがいくら事故だと主張したところで無意味なのだ。

クーデルスの自信たっぷりな態度と、普段の迷惑なまでに規格外なくせに妙に有能な仕事っぷりのせいでごまかされてしまったが、考えてみればとんでもない大嘘である。

一変してクーデルスに不審の目を向ける村人たちだが、クーデルスの顔に反省の色はない。

それどころか、困ったことをしてくれるなぁと言わんばかりの余裕ありげな態度である。

「アデリアさん……何をしたいのかはわかりませんが、邪魔はしないでくださいますか？　この世の全てに誓って真実、これは事故なのですよ。そこに無駄な疑問を挟まれると、色々と都合が悪いんですよね」

せっかく村人のために色々と手を回しているのに自己満足で余計なことをするな……と責めているのだが、アデリアもまた肩をすくめるだけでその恫喝（どうかつ）を受け流す。

何げにこの二人、やり方が非常に似てきているようだ。

「先ほどの発言が、団長の善意であることは疑ってませんわ。でも、その事故の原因については何もおっしゃってくださらないのですね」

その言葉に、村人たちは再び目を見開く。

たしかにクーデルスは事故だと告げたが、その結論に至るまでの過程には全く触れていなかった。

「それをする意味は？　余計なことに巻き込むことになりますよ？」

「でも、そこをはっきりさせない限り調査官は引き下がりませんわよ？」

クーデルスとアデリアの間に、パチパチと見えない火花が飛び散る。

どちらも口調は穏やかだが、その裏では熾烈な駆け引きが行われている。

「そこは私のほうでうまくやっておきますよ。多くは語れませんが、調査官を黙らせるネタはちゃんと用意してあります」

その言葉に、ホゥと周囲から声が漏れる。どうやらクーデルスはいつの間にか手を回していたらしい。

だが、代官が死んでからまだ半日。いったいどんなネタを用意できたというのか？

「では、事故の真相のほうは私とダーテンさんのほうで調べておきますね？　いざという時のために、調査官を追い返すための切り札はあったほうがいいでしょうから」

「え……俺も？」

いきなり話を振られ、アデリアの横にいた土木作業員姿の美青年は目を丸くした。

彼もまた真相は気になるものの、探偵には向いていない自分の性格を熟知している。

その目は、面倒に巻き込むなよと訴えかけていたが、アデリアはあっさりと無視をした。

「やれやれ、困った方ですね。仕事に支障が出ない範囲でなら、お好きになさい。どこまでやっていいかの匙（さじ）加減はわかっていると信じてますよ？」

その言葉は、クーデルスがこの事件の真相を全て知っていることと同時に、彼が最善の結果となるように様々な仕掛けを用意していることも意味している。

つまり、それを台無しにするのは許さないということだ。

その意味を全て理解した上で、アデリアはニッコリと笑う。

「では、団長の仕掛けた手品のタネ、しっかり探らせていただきますわ」

クーデルスから許可を取ったアデリアであったが、彼女が真っ先に行ったことは……横にいたダーテンの腕を捕まえることであった。

「え？　何、アデリア。なんで俺の腕を摑んでんの？　もしかして俺に気があるとか？」

そして首をかしげるダーテンに、アデリアはそんなこともわからないのかと言わんばかりの顔で、こう告げたのである。

「なぜ？　それはね、名探偵には助手が付き物だからですわ！」

「助手かよ！」

ダーテンは熟してないプラムでも口に入れたような顔になり、救いを求めてクーデルスを振り返った。だが、彼の兄貴分は無言のまま、諦めろと言わんばかりの顔で首を横に振る。

――兄貴、兄貴、なぜに我見放し給うた（ラマ・アッファブタニ）

がっくりと肩を落としたダーテンは、失意の中で運命を受け入れた。

「さぁ、捜査の基本は現場検証と聞き込みよ。ついてらっしゃい！」

アデリアに腕をとられたまま歩いてゆくダーテンの姿は、市場に売られてゆく子牛のようであったという。

「なぁ、アデリア。なんつーかさ、マジで張り切りすぎじゃね？　正直、テンションについてゆけないというかドン引きなんだけど」

集会場である部屋を出て廊下に出ると、ダーテンはうんざりした声でアデリアに話しかけた。

すると、アデリアは珍しく歳相応の少女のような笑顔でこう答えたのである。

「あら、だって推理小説みたいで楽しいじゃない。こんな機会、めったにあるもんじゃないわ」

楽しそうなその声に精神力を根こそぎ奪われたのか、ダーテンはその場にしゃがみ込んだ。

そしてゲッソリとしたような声で恨みがましく呟く。

「おいおい、俺まで巻き込んでおいてただの遊びかよ……クーデルスの兄貴に怒られても知らねーからな」

クーデルスは事故だと言い放ったが、事の背景はおそらく複雑である。

そこに遊びで首を突っ込めば、色んな人間から恨みを買うのは必定であった。

「大丈夫よ。ちゃんと団長が描いた未来図を壊さずに結果を出せば、私の成長を褒めこそすれ、文句を言うようなことはないわ」

だが、ダーテンは相変わらず渋い顔のまま反論を試みる。

「いや、そもそも犯人を見つける意味はないだろ。ありゃぜってー事件の黒幕は兄貴だし」

思い返せば、クーデルスの態度は、むしろ関与を隠すつもりがないといえるほどに露骨だった。

「そこまでわかっているなら、私が何を知りたいかもわかっているでしょ？」

「クーデルスの兄貴が何をしたか、そして何をしようとしているのかを知りたいってところか？」

つまり、陰謀や策謀のお勉強である。おそらく同じことはできないであろうが、その考え方や手法をなんらかの形で利用することはできるだろう。

むろん、そんなものはただの言い訳で、最大の理由が好奇心であることは言うまでもない。

ゆえに彼はこう一言付け加えた。

「……一応だけど」

「正解。そこまで読める貴方だから助手に選んだのよ。せいぜい働いてちょうだい」

ガックリと肩を落とすダーテンに、アデリアはにこやかに微笑みかける。

ダーテンの立派すぎる肉体の陰に隠れた知性というものを、実を言うとアデリアはかなり評価しているのだ。

「では、最初は現場検証ね。さぁ、がんばってちょうだい」

そう告げると、アデリアは階段の上……代官が死んだ部屋の前にたたずむ兵士を顎で示す。

彼はもともと代官の護衛としてやってきた人間であり、アデリアの権限でどうにかできる人物ではない。

「できるだけ平和的にお願いするわ」

「うわぁ、めんどくせぇ」

アデリアからの容赦ない追加注文に、顔に手をあてたまま呻き声を上げると、ダーテンはアデリアの前に立って階段を上り始める。

いったい、彼にどんな策があるというのか？

「なんだお前ら、用もないのに近寄る……な……ひぃっ」

ダーテンはニヤニヤと笑いながら兵士の前に立つと、普段は押し殺している闘神としての気配をほんの少しだけ解放した。

ゾクッ――その様子を後ろから見ていたアデリアですらその場で失神しかねないような、生物の持つ根源的な恐怖が全身を襲う。その感覚を文字にするなら、いきなり目の前にライオンが現れた……と表現することすら生易しい。

即座に死を直感して絶望するしかないような代物であった。

そんな気配を至近距離で浴びてしまい、部屋の前を守っていた兵士はそのまま腰を抜かしてその場にへなへなと尻餅をつく。

きっとしばらくは、悪夢にうなされて眠れない日々が続くに違いない。

「ほら、怪我ひとつなく解決したぜ」

「体に傷はなくても、心のほうはザックリ致命傷じゃない。呆れたわ」

自慢げな笑顔で振り返ったダーテンに、アデリアは容赦なくダメ出しをする。

「ちぇっ。少しは褒めてくれても罰（バチ）は当たらないと思うんだけどねぇ」

「はいはい。後で褒めてあげるから先に現場に入りましょ」

軽くふてくされるダーテンを尻目に、アデリアはドアを潜り抜けた。

部屋の中は調査官が調べるために、できるだけ現状が維持されており、床の中央には代官の衣装を身に纏った白骨死体が恨めしげに空を見上げている。

床には代官の血液らしきシミが広がり、部屋全体にうっすらと嗅ぎ慣れない薫りが漂っていた。

そして正面の窓には人が立ったまま余裕で潜れそうなほど大きな穴があいており、窓の破片は部屋の内側に向かって飛散している。

どう見ても人的な関与を想像せざるをえない状況だった。

「ねえ、これって……」

「なんか、見るからにすげー怪しいよな」

これを事故だと主張するのは、あまりにも無茶である。

それがアデリアとダーテンの、現場を見た最初の感想であった。

「なんつーかさ、この状況でよく事故だって言い切れたよな。すげー強心臓」

あまりにも衝撃的な状況に、思わず呆然と見入っていた二人だが、彼らに呆（ほう）けている時間はなかった。時間がたてば、気絶した兵士が起きて騒ぎになるかもしれないし、いつ仕事場から呼び出しがかかるかわからないからである。

探偵ごっこは、あくまでも仕事に支障が出ない範囲でやらねばならない。

それがクーデルスから与えられたルールだ。

「状況の怪しさは置いといて、まずは現場検証よ」

我に返ったアデリアは、気持ち悪さに耐えながら代官の死体にそっと近づく。

足を踏み入れると、薄い絨毯さえ敷いていないむき出しのフローリングが、キィッと甲高い小鳥の鳴き声のような音をたてた。

「なんというか、見事なまでに骨ね」

遺骸を見下ろし、アデリアが困惑するかのように呟く。

間近で見たその遺体は完全に白骨化していた。真っ白な骨には肉片ひとつついておらず、死亡したのが昨日だとはとても思えない。人が骨だけになるまでには、結構な時間が必要なのだ。

——おかしすぎて、どこから突っ込んでいいのかわからないわ。

状況があまりにも異常すぎて言葉が出てこない。何もかもが違和感だらけであった。

「なぁ、アデリア。これって死因はなんだと思う?」

気がつくと、隣で同じように白骨死体を眺めていたダーテンが、眉間に皺を寄せつつそんなことを呟く。たしかに、言われてみればそこが一番おかしい。

「こんなふうに肉だけを溶かして骨だけ綺麗に残すってーのは、ちょっとムズくね?」

「言われてみればそうね」

——いったいどうやったらこんなことができるのかしら？

アデリアは顎に手を当てて考えてみる。

「火で焼かれたならば少なくとも周囲に焦げ跡があるはずだし、酸で溶かされたならば床も侵食されていなければならないわ」

似通った殺害方法はいくつかあるが、完全に合致するものは特殊な薬品や魔術の中にもなかった。

少なくとも、アデリアの記憶の中にではあるが。

「一番近いのは、水属性の腐食の呪いじゃね？」

「でも、その呪法はかなり高度だと聞いてますし、肉が腐るような酷い悪臭が残ると聞いておりましてよ？　たしかに異臭は漂っていますけど、この部屋に残っているのはどちらかというと植物系のにおいですわね」

アデリアの指摘通り、この部屋にかすかに残っている異臭は少し甘い感じのタバコに似た代物である。つまり、使われたのは腐食の呪いではないということだ。

「あー香りっていうならさ」

すると、ダーテンが何かを思い出したように話を切り出した。

「血の臭いがしねぇんだわ、この部屋」

言われてみればその通りである。これだけ血液らしきものが残っているのに、その独特のにおいがない。

「じゃあ、これは何？」

眉間に皺を寄せ、アデリアは床を染め上げる赤黒い粘液状のものを指差す。

たしかに色は血液そっくりだが、言われてみればこの液体からは鉄臭いにおいがしていなかった。

妙なことに、ほぼ無臭に近い。

「似ているけど、血じゃないってことなんじゃね？　これが何かって言われてもそんな知識ねーし。それこそ、持ち帰って誰かに頼んで調べてもらわねーとな」

「……任せるわ」

アデリアは荷物の中からガラスの試験管を取り出すと、おもむろにダーテンへと押しつける。

「うわっ、ずるいぞお前！　こんなの俺だって嫌だよ、ちくしょーめ！」

ダーテンは顔をしかめながらも試験管を受け取ると、床に飛び散った液体に目を落とした。

本人もかなり嫌だろうが、かといって乙女であるアデリアにやらせるのも紳士として躊躇われるのだろう。

ついでに、鑑識を依頼する当てなどないことにも言及しない。

時々盛大に外しはするものの、ダーテンは意外と空気を読む男であった。

「うわぁ、なんだこりゃ！　ベトベトして糸ひきやがる！　きもちわりぃー!!」

ダーテンが悲鳴を上げながら液体をサンプリングする横で、アデリアは破壊された窓の検証に入った。そしてその穴の大きさに首をかしげる。

「これ、かなり大きいわね。かなり大柄な男性でも楽に通り抜けできそうだわ」

「人どころか、俺や熊でも出入りできるんじゃねーの」

なんとかサンプリングを終えたダーテンが口を尖らせながら投げやりな返事をするが、アデリアにとっては彼の機嫌などどうでもいいようだ。

「つまり、そんな大きさの何かがここを通ったということね」

この部屋に乱入した存在は、少なくともこの村で一番大柄なダーテンと同じぐらいの体格の持ち主のようである。

だが、そんな存在はと聞かれたら、クーデルスぐらいしか思い浮かばない。

しかし、クーデルスがここを通ったと決めつけるのはまだ早計だ。

もっと……何か決定的な証拠を見つけなくては！

そんな思いから窓に近づくアデリアだが、次の瞬間……壊れて脆くなった床が僅かに沈み、穴の外に倒れそうになる。

「きゃっ⁉」

だが、すぐにその肩に太くて逞しい腕が絡みつき、彼女の体を部屋の中に押し戻した。

「あ……ありがと」

「あー　見てらんねぇな。下がってろ。あぶねーから俺が調べる」

アデリアを部屋の奥に下がらせると、今度はダーテンが代わりに前へ出る。

「特に気になるところはないな。ロープでこすれた跡とかもねーし。だとしたら、ここを通った奴はどうやって入って、どうやってここから出たんだ？」

その呟きを耳にするなり、アドリアは壊れていない別の窓から顔を出し、そこから真下の地面に目を向ける。ここから出入りした人間がいるなら、その足跡が残っているかもしれないと思ったからだ。だが、残念なことにそこにも特に目立った痕跡は見当たらない。

「少しイラっとするぐらい残留物は何もないわね。空でも飛んでいったのかしら？」

だとしたら、相手は飛行の魔術を使う風の魔術師、あるいは翼を持つ存在ということになる。

「残留物については、きっと眼鏡をかけた陰気な面の誰かさんが綺麗に消しちまったんだろうよ。とりあえず今わかるのはこんなもんじゃねーの？」

「そうね、ここまで何もないとなると、そうなのかもしれない。じゃあ、次は関係者に聞き込みよ」

時間も押しているので、アデリアは素直にダーテンの提案に従った。

すると、彼はこんなことを言い出したのである。

「だったらさ、村長に聞いてみねーか？」

「村長？」

事件に関係がないわけでもないだろうが、ある意味で予想外の名前でもある。

いったいどういう理由でその名前を出したのか？　アデリアが視線だけで問いただしてみると、ダーテンは何かを思い出すように視線をさまよわせながら彼女に答えた。

「だってよ、代官が死んだって聞いた時……あの女だけちょっとおかしかったんだよな」

「具体的には？」

食いついたアデリアに、ダーテンは少し言葉を吟味した後でこう告げたのである。

「気のせいかもしれねーけどさ。他の村人が単純に喜んでいた中で村長だけがホッとした顔になってたんだ」

たしかに、それは怪しい。一度話を聞いておかなくてはなるまい。

だが、村長に話を聞くことができたのは、その日の夕方。事務所で待ち構えていた書類（モンスター）をアデリアがなんとか退治してからのことであった。

「村長さん。話があるのだけど、少しお時間をいただけないかしら？」

「はい、特に問題はありませんが……あの……子供たちの夕飯の支度もありますので、できれば短めでお願いできないでしょうか」

その若干困ったような表情に、子育て中の主婦という存在が二四時間営業であることをアデリアは思い出す。

ちなみに、村長の子供は二人。四歳と二歳で、どちらも男の子であるらしい。

昼間は誰かに預けているらしく、アデリアは未だに彼女の家族を見たことはなかった。

「死んだ代官について聞きたいのだけど、どんな奴だったのかしら？」

若干の後ろめたさを感じつつもアデリアが問いかけると、村長はアデリアから見て右上の方向に目を動かした。

かつて家庭教師に聞いた話によれば、これは人が過去の記憶を探る時に無意識で行う行動である。例外はあるが、逆に眼球が左上に動くなら想像力を働かせる時……つまり、騙そうとしている時だ。その兆候が見られないところを見ると、どうやら嘘をつく気はないらしい。

「あまり良い方ではございませんでしたわね。うちの村人たちも、色々とあってみんな恨んでましたし」

少し考え込んだ後、村長は当たり障りのない答えを口にした。

「その〝色々〟がわからないのよ。その話題になるとみんな口を濁すのよね」

「まぁ、それも仕方がありませんわ。でも、今ならば話してくれると思いますわよ？」

かねてよりアデリアたちが抱えていた疑問に対し、村長は思わせぶりなことを口走る。

なぜ今ならば大丈夫なのか？

そして今とはどんな条件を意味しているのか？　知りたいのはそこなのだ。

「それは、どういう意味かしら？」

「詳しくは他のみなさんに伺ったほうがよろしいかと」

いよいよ疑問の核心に迫れるのかと期待したアデリアだったが、村長は少し強張った顔になると、視線をそらした。

——あぁ、マズい。これは下手に聞き出そうとするとロクなことにならないだろう。

アデリアは仕方なく質問を切り上げることにした。

「すいません、そろそろ晩御飯の支度に入らないといけませんので……」

「そう。忙しいのに悪かったわね」

そしてアデリアは村長を解放すると、彼女のお勧め通り他の村人たちに話を聞くことにしたのである。

村長と別れたアデリアは、村人に話を聞くために食堂に向かった。

この村に元々あった食堂は先の洪水で一度潰れており、現在の食堂の建物はダーテンが地魔術を駆使して作ったものだ。

石造りのかなり頑丈な建物で、いざという時には村人の避難所にもなるようにできている。

薄闇が差し迫る中、アデリアは造られたばかりなのか木のにおいがするドアを押し開けた。

すると途端に中から喧騒が押し寄せ、酒と魚料理の香りが押し寄せる。

見渡せば、食堂の中は今日も一日の労働の疲れを癒す村人たちでごった返していた。

未だに炊事場が復旧できていない家庭も多く、クーデルスの意向によりかなり価格を抑えてあるため利用者は老若男女を問わずとても多い。

なお、看板を見れば今日のメニューはアオウオの煮付けと記されていた。

アオウオとは、成長すると一メートル以上にもなるコイに似た魚で、その大きさにもかかわらず養殖が容易な魚である。

そして養殖したアオウオを甘辛く煮込んだ代物は、このあたりでよく作られる名物料理だ。

……とはいっても、本来はあまり頻繁には口にできない御馳走である。

だが、水神であるモラルがこの村の守護を担うようになったため、最近は水産資源の恵みが豊かになり、アオウオの煮付けも頻繁に口にできるようになり始めていた。

どんなメニューかと覗き込んでみれば、木をくり抜いた素朴な深皿の中に煮込まれた魚の頭がゴロンと転がっているような、貴族の家ではまずお目にかからない類の料理だ。

最初はあまりのワイルドさに萎縮したものだが、今ではアデリアもすっかり抵抗がなくなってしまった。むしろこの魚は頭の部分が一番美味しいのだと他人に語れるぐらいである。

「随分と楽しそうね。席をご一緒してもよろしいかしら？」

「おぉ、どこの別嬪（べっぴん）さんかと思ったら、副団長さんでねぇの」

アデリアが話しかけたのは、酒が入ってすっかり出来上がった村の男たちであった。

話し相手として彼らを選んだのは、酔っ払っているぶん口が軽いだろうという判断である。

「ずいぶんと変わったものを食べているのね。それは何かしら？」

アオウオを食べていたはずの彼らは、なぜか白い塊のようなものを割って、中にあるゼリー状のものを食べていた。

アデリアの知らない食べ物である。

「あぁ、これはアオウオの歯だべ。こうやって中身を取り出して食べると酒に合うんだなぁ、これが」

「そ、そう。なかなか面白いものを食べるのね」

骨の髄を食べることがあるのは聞いたことがあるが、まさか歯の中身まで食べるとは……田舎の食文化、侮りがたし。アデリアは食の奥深さに少し慄きつつも、本題に入ることにした。

「ちょっとお伺いしたいことがあるのだけど……まずは一杯奢(おご)らせてちょうだい。給仕さん、クーデルス・ビールをお願いするわ」

クーデルス・ビールとは、クーデルス団長がどこからか調達してきた謎のビールである。材料は不明だが、とりあえず美味しいので誰も真相を追究しようとはしない。

なお、クーデルスの好意によりこの村ではタダ同然で購入することができ、その手軽さも人気の理由だ。

やがてビールが届くと、男たちは美味そうに口をつけた。

そしてアデリアが質問を始めると、男たちは憤懣やるかたなしといった風情で次々にしゃべりだした。

「代官について？　あー、ありゃ酷い奴だったっぺなぁ」

「そりゃぁ、あんな死に方したのも天罰ってもんだべ？」

死人に対してずいぶんな言い方であるが、誰もそれを咎めようとはしない。

「いったい、彼は何をしたの？」

「今だから言えるけどよぉ……あいつは本来の税とは別に余分な税をかけて、その税を払えない家からは丁稚奉公(でっちぼうこう)という名目で人をさらっていたんだべ。

んで、付き合いのある商人に金で融通して……事実上の奴隷売買だべなぁ。

むろん違法だけんどよ」

あぁ、なるほど……と、アデリアは一人納得していた。

蓋を開けてみれば、わりとよく聞く話である。

むろん唾棄すべき話であるが、代官が違法に私腹を肥やすことは暗黙の了解に近い代物だ。

しかし、これだけ恨まれているとなると、よほど頻繁でやり方が強引だったに違いない。

そんな代官に、アデリアは胸の中で『無能』と判断を下した。

生かさず殺さずで民から税を搾るのは貴族のたしなみだが、やりすぎて暴動を引き起こすのは悪手のきわみである。

ましてや、原因が村の人間を奴隷として他所の土地に売ったせい？

——飢饉が起きたわけでもないのにバカじゃないのかしら。

なぜなら、どう考えても結果的に土地の生産性は激減するからだ。

「しかも、何人かは自分の屋敷で使って人質にしていたんだべな。もしも外にばらしたら、お前の家族の命はねーぞって脅しをかけてよぉ」

道理で誰も口を開かないわけである。

どうやら死んだ代官は、無能であるばかりか、かなり卑劣な男でもあったらしい。

「俺の弟と妹もアイツに連れていかれただよ」

「つーよりよ、この村でアイツに家族を奪われたことのない家なんて村長のところぐらいじゃねぇべか？」

「いや、村長の家もよ……」

「あーそういえばそうだったべな」

村長の話になったとたん、村人たちのトーンが下がり始める。

「村長の家で何かあったのかしら？」

重ねて質問したアデリアではあったが、村の男たちはすっかり酔いの醒めた顔でこう答えたのだ。

「それだけは勘弁してくんろ」

「人の名誉にも関わる話だでよぉ」

結局、村人たちからそれ以上の話を聞くことはできなかった。

そして聞き込みの帰り道。

僅かに明るさを残す藍色の空を、夏の渡り鳥がゆっくりと飛んでいる。

星がまたたき始めた田舎道を歩きながら、アデリアは少し後悔していた。

「何か……食べてくればよかったですわね」

そんな台詞を呟いても後の祭り。

話を聞くのに夢中で料理を食べるのを忘れてしまったのは、他の誰でもない自分のせいである。

「もう一度食堂に戻って何か持ち帰りの料理を作ってもらおうかしら」

自宅に戻って食事をしようとも思ったが、生憎と家には買い置きのパンと飲みかけのワインのボトルしかない。もっとも、他に何かあったところでろくに料理など作れないのだが。

かといって、今すぐ食堂に戻るのもなんだか気恥ずかしい。

幸いなことに食堂は遅くまで開いているし、少し時間を潰してからのほうが良いだろう。

「とりあえず、食堂で聞いたことをダーテンさんに報告しますか。あ、そうですわ！　食堂に戻ってダーテンさんのところに持ってゆくお土産を買うのです。それならば、すぐに食堂に戻ってきてもおかしくありませんわ！」

——彼はたくさん食べそうですから、そこに私の分を追加してもたぶん誰にもバレないでしょう！

そんなことを思いつくと、アデリアはいそいそと食堂へと戻り、少し顔を赤らめつつダーテンへのお土産となる料理の注文を出した。

素焼きの大きな鍋に入ったアオウオの煮付けを抱え、真っ赤な顔でいそいそと出てゆく姿に、その場にいた連中がどんな感想を持ったかは推して知るべし。

さて、アデリアが向かったダーテンの家だが、彼の家は仮設住宅という名の立派な新築住宅が立ち並ぶ一角にあった。

二階には金網が張ってあり、そこで鶏を飼っているため、間違えることはまずないだろう。

なんでも、立派な筋肉を維持するためには卵の白身が大量に必要なのだそうな。

一人暮らしの若い男だから、さぞや部屋の中は汚いのだろう。

そんな覚悟をしつつ玄関の前に立ったアデリアだが、そんな彼女の鼻を掠（かす）めたのは……美味しそうな夕餉（ゆうげ）の匂い。

まさか、彼女が!?

言動が軽くてお調子者ではあるが、黙って立っていれば絵本から抜け出てきた王子様である。

そんな女性がいても決しておかしくはない。

――なお、初対面の時にパンツ一枚で地上に降臨したことは、クーデルスの記憶操作によってなかったことになっている。

いったいどんな女性だろう？

やってはいけないことだとはわかっていても、疼きだした好奇心は止められない。

アデリアは鍵穴からそっと中を覗いて……。

「えぇっ⁉」

衝撃のあまり、彼女は思わず持っていた鍋を取りこぼして床にぶちまけた。

ガシャンと大きな音が響き渡り、当然ながら家の中にいる人間の耳にも届く。

「おぉっ、なんだなんだぁ？」

ドアの向こうからダーテンの声が響き、ノブが回された。

そして家の中から出てきたのは……。

きわどいパンツ一枚にエプロン姿のダーテン。しかも、左手にはオタマを構えている。

クーデルスの取り計らいも台無しだ。

「こ……こんばんは」

「……なんでここにいんの？」

「夕食の差し入れを……持ってきましたの」

アデリアがショックを受けているのは仕方ないとして、ダーテンもこの姿をアデリアに見られたくなかったらしい。どちらも非常に言葉の切れ味が悪かった。なお、その差し入れは彼女の足元で非業の最期を遂げていて、もはやどうがんばっても復活は望めない。

「とりあえず……入る？」

「……えぇ」

幸いなことに、近隣の家から人が出てくる気配はない。

とりあえず、このダーテンの姿を人に見られる前にドアは閉じたほうがいいだろう。

そのまま立ち去るという選択肢もあったはずだが、頭が混乱していたアデリアはダーテンに誘われるまま彼の家に足を踏み入れた。

——意外と綺麗ですわね。

ダーテンの家はさほど大きくはなかったが、予想とは裏腹に綺麗に整頓されていた。

たしかに、ところどころよくわからない機材が置いてあって妙な雰囲気ではある。

だが、それを除けば特に独身男性特有のにおいが立ち込めているわけでもなく、むしろ下手な女性の一人暮らしより整えられていた。

「あの、つかぬことを伺いますが、何をしてらっしゃるの？」

「え、あ、うん。見ての通り、料理」

なぜエプロンとパンツしか身につけていないかについては追及しない。

誰だって、自宅の中で好きな格好をする権利ぐらいはあるはずだ。

……と、アデリアは心の中でそんな言葉を何度も繰り返していた。

「料理……できますの？」

「そりゃ当然だって。この筋肉を養わなきゃなんねーんだから。あのな、筋肉を維持するってのは、パネェんだぞ？　食べるものに気を使わなきゃ、すぐにダメになっちまう」

オタマを突きつけて馬鹿にするなと言わんばかりの口調で答えた後、ダーテンはいそいそと服を身につけ始める。いくら本人が気に入っていても、さすがに人前でパンツ一枚では変態扱いされるということを彼も学んだらしい。

「はぁ、わたくしの知らない世界ですわ」

簡素なズボンの中に消えてゆくダーテンの逞しい尻から目をそらしつつ、アデリアは理解を拒絶するかのように小さくため息をつく。

だがその瞬間、彼女の腹がクゥと小さな自己主張を告げた。

「あ……」

淑女にあるまじき失態に、アデリアの顔が真っ赤に染まる。そんな彼女に、服を着終わったダーテンが苦笑いを浮かべた。

「とりあえずさ、今日ところはお互いの恥ずかしい姿は忘れるってことにしようぜ。……飯、食ってく？」

「も、もし、よろしければ……」

ダーテンがリビングの椅子を引くと、アデリアは顔を赤くしたまま腰をかける。

なお、彼女は知らなかった。

このあたりの村では、未婚の女性が日が沈んでから意中の独身男性に差し入れを持ってゆくという求愛行為があることを。彼女がそれを知ったのは、翌日の職場で村の女性からからかわれた時のことである。

「ん、そろそろいいかな？」

砂時計の粒が最後まで落ちたのを確認し、ダーテンは鍋の蓋を開けた。

ふわりと漂う魚のにおい。どうやらこちらも魚の煮込みを作ったらしい。

ただしこちらは淡い琥珀色の透明なスープに、戻した干し鱈とジャガイモとキャベツだけという非常にシンプルな代物である。生臭さは微塵もなく、むしろ白身魚特有の滋味深さしか感じられない。ダーテンはそんなスープを深皿によそうと、鉈のような包丁でパンを切り分けてスープ皿の横に添えた。

「ほれ、冷めないうちに食えよ」

「遠慮なくいただくわ」

アデリアは簡単に食事前の祈りを済ませると、スプーンを片手にダーテンの手料理に挑みかかった。

「あら、美味しい」

ダーテンの作った魚のスープはスパイスが全く使われておらず、それゆえにまろやかで優しい味がする。しかし、素朴と言うにはあまりにも洗練された味だ。丁寧に下処理されたのか魚には臭みは全くなく、魚の旨みと野菜の甘みとが互いに引き立て合っている。

何も引いてはならず、何も足してはいけない、そんな完璧な調和。

限りなくシンプルであるからこそ、恐ろしく奥深い。

安い材料で作られた、一見すると庶民の料理である。だが、少なくとも労働者向けに作られた、食堂の濃い味付けの料理とは別系統の代物であった。

貴族の頂点として育ったアデリアから見ても、この料理は恐ろしくレベルが高い。

「意外といけるだろ？　これ、魚と塩とジャガイモとキャベツだけなんだぜ？」

アデリアが満足したのを見て、ダーテンもまた嬉しそうに笑う。

その笑顔に、アデリアはなぜか自分の頬が火照り始めているのを感じていた。

ただ顔のいいだけの男ならば見慣れているアデリアであったが、貴族であるがゆえに裏表のない笑顔には耐性がないのである。

そんなものは、ずっと彼女の周囲には存在しなかったのだから。

ゆえに、彼女は人の素直な心には酷く弱かった。

「そ、そういえば、村人たちから領主のことを聞いてきたのよ」

本能的に羞恥を感じたアデリアは、頬の熱を振り払うように話題を変える。

だが、ほぼ同時にダーテンもまた口を開いた。

「おぅ。俺も仕事の休憩の時に同僚から色々と聞いてきたぜ。

私的に重税をかけた挙句、人身売買で私服を肥やすとか、ひでぇ奴だよなぁ。まじ悪人ってやつ?」

その瞬間、アデリアの顔が一瞬強張る。顔もいいし頭も回るのだが、ダーテンは時々空気の読めない奴であった。

「え? あら、そう。そうね、酷い奴よね」

話そうとしていたことを先に口に出されてしまい、アデリアは言葉を失う。

そして無意識にスプーンで皿の底をぐりぐりと、拗ねたように意味もなく掻き回し始めた。

だが、そんな彼女の様子に気づくことなく、ダーテンは向かいの席に腰を下ろし、頬杖をつきながら彼が手に入れた情報を語り始める。

しかし、彼の口から飛び出したのは、予想以上にとんでもない情報であった。

「でさ、本当かどうかはわかんねぇけど……一部の村人たちの間で実際に代官を暗殺しようって話もあったらしい」

「……なんですって?」

アデリアは思わずスプーンを動かす手を止める。さすがにそんな話題を聞きながらでは、食事はできない。

「なんでもよ、前から俺が代官を殺してやるっていきまいていた奴が一人いてさ。今、村ではその男が代官を殺ったんじゃないかって噂になってる。んで、表立っては誰も口にしてないけど、裏では英雄扱いされてるっぽい」

「……それは聞いてないわ。誰なの、それは」

アデリアとダーテンの予想では、代官を殺したのはクーデルスだった。

だが、ここに来て別の有力な容疑者が現れてしまうとは完全に想定外である。

「さすがに名前までは聞き出せなかったけどさぁ、そうじゃないかって奴には心当たりがあんだよな」

自分のスープ皿にスプーンを突っ込みながら、ダーテンは何かを思い出すように斜め上を睨みつけた。

「復旧作業の時にだけどさ。代官のことを殺してやるっていきまいていた奴はたしかにいたんだよ。顔もしっかり憶えてるぜ」

そう語るダーテンだが、語り口調はどうにも釈然としないものを感じさせる。

「どんな奴らなのかしら？」

「うーん……わりとどこにでもいるような、ちょっと気の短い兄ちゃん？　強めの風を吹かせる程度の風魔術が使えるから、よく清掃を任されているぐらいしか印象にないな。少なくとも、風の魔術を使って空を飛ぶほどの力はねぇと思うぞ」

ダーテンの答えに、アデリアもまた首をかしげた。

たしかに風の魔術には空を飛ぶ術が存在するが、フワフワと浮かぶだけでも一人前の魔術師と呼ばれる程度の技術は必要である。それを、少し魔術を齧った程度の村人が？

――ありえない。

「なんというか、動機はあるけれどあの現場を作り出す能力はなさそうですわね」

あの現場の様子を見る限り、その容疑者にできることとは思えない。

だが、少なくとも普通の人間が魔術もロープもなしという条件で、村長の家の二階の窓を破って部屋に侵入することは不可能だろう。しかも、あれだけ大胆に侵入したのに足跡ひとつないという状況を作り出すことが理解できなかった。

「とりあえず、冷める前に食べようか」

「そうね、せっかくの料理が冷めてしまったらもったいないわ」

二人は押し黙り、何かを考えながら食事を続ける。

そしてどれほどの時間が過ぎただろうか。口を開いたのは、アデリアだった。

「そういえば、あの事件の犯人像の絞り込みもやってませんわね。すっかり団長の仕業だと思っていたから、失念してましたわ」

「あ、そういえばすっかり忘れていた」

推理小説であれば初歩的な作業である。だが、なまじ容疑者がはっきりしすぎていたために、二人は全くその必要性を考えていなかった。

「まず、殺害方法は……神がかり的な水の魔術の使い手？」

「あの死因だとそうなるだろうな」

詳細は不明だが、他にあの赤い粘液を撒き散らし、人を瞬く間に白骨にするような方法は考えられない。たとえ特殊な薬剤を使うにしても、その作成に水の魔術は不可欠だろう。

「そして部屋への侵入方法は、風魔術による空中移動」

「だよな。それぐらいしか、あんな風に侵入できる要因は思いつかないし」

そこまで考えて、二人はその犯人像がクーデルスと全く重ならないことに気がついた。

色々と規格外ではあるけれど、彼の属性は地であり、水でも風でもないのは周知の事実である。

「これって……もしかすると犯人は団長ではない？　もしくは複数による犯行？」

「可能性として、兄貴が真犯人をかばうためにわざとあんな言動をしたってこともありえるよな」

食事の場に、ギリッと二人分の歯軋りが響いた。

だとすれば、二人はまたしてもクーデルスの手のひらの上で踊らされたということになる。

「でも、真犯人がその村民の男だとしても、団長がかばう理由が思いつかないし、今度はあんな殺し方をする能力がないという疑問が残るわ。共犯者の可能性については、相手についての手がかりが全くないわね。いっそ、モラル様のお裁きとでも言われたほうがしっくりくるわ」

「だったら最初から神罰だって宣言するだろ。まいったな。容疑者は増えたけど、どちらも動機と能力と手段が噛み合ってない」

結局、その日の推理はそこでおしまいとなった。

そして食後のデザートを要求されたダーテンが、プロテイン代わりに確保しておいたタマゴと蜂蜜を使って、泣く泣くプディングを作る羽目になったのはここだけの話である。

その頃……。

「さて、今頃アデリアさんとダーテンはどこまで真相に近づいていますかねぇ」

アデリアたちが探偵ごっこを始めて数日。自分に割り当てられた仮設住宅で休日を迎えたクーデルスは、鉢植えの植物であふれかえったリビング……というよりは森の中かと思うほど緑豊かな部屋の中で茶をたしなんでいた。

「おそらく、今は容疑者が増えて困っている頃でしょうか？　まぁ、私がもっとも有力な容疑者の一人であることには変わりはないでしょうけど……」

飲み終わったティーカップをテーブルに置くと、すかさず黒いメッシュの入った緑色の髪をしたメイドがポットを傾けて茶を注ぐ。

かなりの美少女ではあるが、その正体は……スイカだ。

春の終わりから色々と改良を続けていたスイカ人間は、ついにここまで進化を遂げていたのである。

もはや彼女が実はスイカだと言われても納得できない人間のほうが多く、その姿に恋をする人間が現れたとしても、不思議ではない。

「あぁ、嫌ですねぇ。一人でいる時間が増えるとつい独り言が多くなる。スイカのみなさんはおしゃべりの相手にはなってくださいませんし。早く私にもキャッキャウフフとおしゃべりができる運命の伴侶がほしいものです。いえ、それではいつになるかわかりませんから、がんばってスイカに会話機能でもつけてしまいましょうか？」

クーデルスがそんなマッドサイエンティストじみた台詞を吐いていると、不意に玄関からコンコンとノックの音が聞こえた。

　どうやら来客のようである。

「どうぞ、お入りなさい」

　クーデルスが入室を促すと、生い茂る植物をかき分けて玄関から入ってきたのは、粗末な生成りの衣服に身を包んだ青年だった。

　体格も良く、『精悍な』と表現しても良い面構えだが、今の彼の顔には、恐怖、焦燥、苦悩といった感情が張りついている。そんな彼に向かって、クーデルスは微笑みながらこう呼びかけた。

「ようこそ、英雄さん。お噂はかねがね」

　だが、クーデルスの呼びかけに、男は酷く苦い表情を浮かべる。

「よしてくだせぇ。俺は英雄なんかじゃないです」

　そう、彼は今……この村で代官殺しの英雄と呼ばれている男だった。

「立ち話もなんですから、そこの椅子にお座りなさい。ところで、何かお悩みがあるご様子。私でよければ相談にのりましょう」

　すると、男は椅子には座らずに突然クーデルスの足元に跪いたのである。

　そして、震える声で男はこう願い出たのだった。

「助けてくだせぇ、団長さん。実は俺……代官を殺した濡れ衣を着せられそうになっているんでさぁ」

「顔を上げなさい。そんな状態ではちゃんと話ができません」

クーデルスは男の腕を摑んで立たせると、椅子を引いて彼をそこに座らせる。

そしてスイカメイドに目配せをすると、男の分の茶を用意させた。

「さて、順番を追って説明をしていただけますね？」

クーデルスの問いかけに、男は黙って頷く。

そして唇を茶で湿らせると、ぽつりぽつりとその事情を語りだした。

「たしかに俺は代官を心から憎んでやした。勝手に重い税をかけて、それが払えないからといって俺の妹を闇奴隷商人のところへ連れ去ったアイツを、いつか殺してやろうと思っていたのは事実です」

「けど、貴方はやっていないと？」

クーデスルの問いかけに、青年は大きく頷く。

「へぇ……実行する準備まではやりやした。けど、その直前で、誰かに邪魔されたんでさぁ」

「ほほう？　その誰かとは？」

その問いかけに、青年はかぶりをふった。

「わかりやせん。後ろからいきなり襲いかかられて、気絶させられちまったんで……気がついたらなぜか自分の家のベッドで眠ってやした」

「夢を見たわけではないんですか？」

そう、そう考えるのが一番無難な状況である。だが、青年は突然激昂すると、その拳をテーブルに叩きつける。

「違いやす！　夢じゃ……夢なんかじゃない！　俺が……俺があのクソ野郎を殺すつもりだったのに！　畜生ぉぉぉぉぉぉっ!!」

そのまま愚痴と罵声を吐き散らす青年を、クーデルスは黙って見下ろしていた。

その目には冷ややかな光があったが、長い前髪と分厚い眼鏡にさえぎられ、それに気づく者は誰もいない。

やがて青年の怒りが和らいだ頃を見計らうと、クーデルスは穏やかな声で彼に語りかけた。

「貴方の事情は理解しました。それで、私に何を望むのです？」

「お、俺は……し……真犯人が誰かを知りたいんでさぁ！　そ、そしてそいつを調査官に突き出してやるんですよ！　じゃないと……俺は復讐を邪魔されたどころか、犯人に仕立て上げられちまう!!」

おそらく、彼にとってもっとも切実なのは、復讐の邪魔をされたことではなくて、投獄されることだろう。

「つまり、調査官がやってくる前に真犯人が見つからないと、貴方は自分は犯人にしたて上げられるのではないかと、そう思っているのですね？」

「へ、へぇ。その通りでさぁ！」

何度も首を振る青年だが、クーデルスはドカッとその場に肘を突くと、頭痛をこらえるかのようにして額に手を当てた。そして大きくため息をつくと、僅かに不機嫌をにじませながらこう答えたのである。

「貴方……忘れたようですね。私がみんなの前で、アレは事故だと明言したのを」

「で、ですけどよぉ……団長さんがどんなに頭が良くてどんな説明をしたところでもさぁ。調査員がアレを見たら絶対に俺を疑うに決まってますさぁ！」

無学ゆえか、青年はその台詞がいかにクーデルスの体面を傷つけ、そのプライドに泥を塗りつけているかを理解しない。

ただ、代官殺害の容疑で捕縛される恐怖に震えながら、自らの保身を訴えかけるだけである。

「やれやれ、私の信用もたいしたことないですねぇ」

そう言いながら、クーデルスは足音を忍ばせてドアに近づく。

そして扉の向こうへと低い声で呼びかけた。

「出てきたらどうです？　そこにいるのはわかってますよ」

「ちぇー、またお見通しかよ」

「……わかっているなら、もう少し早く呼んでいただきたかったですわ」

そんな愚痴っぽい台詞と共にドアを開けて入ってきたのは、アデリアとダーテンであった。

彼と彼女は、青年がこの家に入った時からずっと壁に耳を当てて会話を盗み聞きをしていたのである。

「容疑者を絞り込んで彼を見つけたことは褒めてあげましょう。思ったより早かったですね」

アデリアとダーテンのために椅子を用意しながら、クーデルスはやや楽しげに褒め言葉を口にした。

「そこの青年から色々と話を聞きたいのでしょう？　許可しますから、思うようにどうぞ」

クーデルスがそう宣言すると、アデリアとダーテンは舌なめずりをするかのようにニッコリと笑い、この浅はかな青年は、身をのけぞって震え上がるのであった。

「さて、単刀直入にお伺いします。貴方、代官を殺しましたね？」

青年の真向かいの席に腰をかけると、アデリアは挑発的なまなざしを向けつつそう切り出した。

「め、めったなこと言うもんでねぇ！　お、俺は……俺はやってねぇだ‼」

青年は目を大きく見開き、顔にビッシリと汗をかきながら、必死で無実を主張する。

だが、なんの根拠もない彼の台詞には、いかなる意味も力もない。

アデリアは微笑みながら彼を追い詰めるための言葉を選ぶと、容赦なく口にした。

「でも、貴方には代官を殺す動機があった。そして、この村で貴方だけが代官を殺すことを公言し、準備をしていた。何かアリバイを証明するものはございまして？」

「……そんなもの、ねぇだ」

自らの無力を悟り、青年は力なくうなだれる。

「貴方が恐れている通り、この状況では言い逃れできないわ。代官を殺害した物的証拠もありませんが、貴方以上に疑わしい方はいらっしゃいません。間違いなく、調査官は貴方を逮捕するでしょう」

そうでなくとも、調査官がやってきたならば、彼らはその面子にかけて誰かを犯人として《作り出す》。

ましてや疑わしい人間がいたならば、彼らは嬉々としてその者を功績のための生贄に捧げるに違いない。

「それでも……俺はやってねぇんだ……」

断言するアデリアの前で、青年は力なく俯いて静かに泣き崩れた。しかし、そこにクーデルスが口を挟む。

「ちょっと待ってくださいアデリアさん。この男にはほんのちょっと風魔術の心得があっただけですよ？　どうやって代官のいた二階の部屋に侵入できたのでしょうか？」

だが、それは青年の無実を訴えるものではない。

むしろそこをどう推理したのかをたしかめるような質問だった。

それを読み取り、アデリアはニッコリと微笑む。

「そこですわ。逆に言うと、なぜこんな村に住んでいる人間が、地魔術や水魔術と違って大して使い道もない風魔術を使うのか？　そこが気になりまして、わたくし、色々と考えましたのよ」

――はたして、この村で風魔術は何に使われていたのか？

「南の国で、夏の終わりになると熱の力で灯籠を飛ばす祭りがあるのはご存じでしょうか？　私も吟遊詩人の弾き語りでしか聞いたことはございませんが、大変に綺麗な光景だそうですわ」

「つまり、空を飛ぶのは魔術師の特権じゃねぇってことだ。よくよく考えれば、鳥も蝶々も魔術なしで飛んでいるんだしよ」

アデリアの台詞をダーテンが得意げに引き継ぐ。

「それで色々と村長の家にあった資料を調べましたところ、旅の賢者が記したライカーネル領風土記という書物がございまして、そこに面白い記述がありましたわ」

そう告げながら、アデリアは最近愛用しているショルダーバッグを開いて一冊の古い冊子を取り出した。

「この村では祭りの際に気球というものを作って空に舞い上がり、上から風魔術で花びらを撒くという祭礼がありましたの」

この本によれば、気球の作り方とは以下の通りである。

まず、薄くなめした革と、複数の樹液と薬剤を混ぜて作った熱に強い特殊な膠(にかわ)を用意する。

この膠で革を張り合わせ、気密性の高い袋を作る。

出来上がった皮袋の下に壺をぶら下げ、酢を材料にして錬金術で作った酸を入れる。

そしてそこに、鉄の粉を放り込む。

すると、発生した非常に軽い煙が皮袋を持ち上げ……それは成人男性を空に持ち上げてなお余りあるほどの力となる。

「そして、その気球を使って空に舞い上がり、風魔術を使って移動しながら花びらを撒くというのがその祭礼ですわ。この役目と技術はある家系の当主に受け継がれているそうですが……その家の末裔(まつえい)こそ、貴方ですわね？」

アデリアがピシリと指を突きつけてそう宣言すると、青年の顔色が土気色に変わった。

そしてガタガタと震えながら、その事実を認めたのである。

「た、たしかに俺はその方法で代官のいる二階に忍び込み、奴を殺そうとした！　でも……できなかったんだ」

「できなかった？」

青年の告白に、アデリアは首をかしげた。

「いざ空に舞い上がろうと思ったその時、誰かが後ろから襲いかかってきて……首を絞められてそのまま意識を失っちまって……」

「けど、それを証明する方法はないよなぁ」

その言い訳めいた言葉を、すかさずダーテンが否定する。

彼の言葉が真実だという保証は、どこにもないからだ。

「お、俺はやってねぇ!!　本当なんだ！」

「じゃあ、誰が代官を殺したって言うんだ？」

――本当はお前がやったんじゃないか？

言外にそんな台詞を纏わせながらダーテンがたずねると、青年はハッとした表情になって顔を上げる。そして、その口からさらなる容疑者の名を口にしたのだ。

「そ、そうだ！　村長だ！　この村で代官を一番憎んでいたのは、今の村長じゃねぇべか！」

青年の口から出た言葉に、クーデルス以外の全員が首をかしげる。

容疑者として全く考えられないとは言わないが、あの村長のか細い腕で、屈強な元軍人である代官を殺せるのだろうか？　だが、それはこの青年にも当てはまる条件だ。

どちらが犯人と想定しても、相手を瞬く間に白骨にするような手段は持ち合わせていない。

そのような手段は、アデリアの見つけたライカーネル領風土記にも記載はなかった。

「おい、なんで村長なんだよ。家族を奪われたのはみんな同じだろ？」

解せぬとばかりにダーテンがたずねると、青年はその顔に下卑た笑みを浮かべ、村の誰もが口を閉ざした、村長の秘密を暴露したのである。

「へっ……へへっ、そもそも、代官がこの村に辛く当たるようになったのは、あの女のせいだべな。あの女が、代官の妾(めかけ)になることを拒んだことこそ、全ての始まりだったんだべ！　すったもんだで、業を煮やした代官が無理やり抱いちまったのさ。それを知った先代の村長が代官に反抗的になっちまったもんで、この村は逆ギレした代官から嫌がらせを受けるようになったんだべ。下の子供の父親があの代官だって話は、村の者なら誰でも知ってるだよ！」

青年の告白に、アデリアは唇を吊り上げて背筋が寒くなるような笑みを浮かべ、ダーテンは眉間に皺を寄せて嫌悪を表した。そしてクーデルスだけが、最初から全てを知っていたかのごとく、茶をたしなみながら微笑んでいる。

「ちくしょう、俺に罪をなすりつけやがって！　そうだ、俺は悪くねぇだ！　あの女が……あの女が……」

ある種異様な沈黙が漂う中、青年一人だけが一人で怒りと呪いの言葉を叫び続けていた。

「貴方、いい加減うるさいですよ。用件がそれだけならば、出て行きなさい」

村の英雄から話を聞き終えたクーデルスは、もはや用がないとばかりに彼の襟首をつまみ上げると、野良猫を扱うように表へと放り出した。

しばらくは表で泣きすがっていた英雄だが、しばらくすると意味がないと悟ったらしい。

やがて聞こえてくる声は悪態へと変わり、弱い犬の遠吠えのごとく捨て台詞を吐きながら消えていった。

そしてようやく仮設住宅の区画に静寂が戻った頃。

「では、そろそろ行ってきますわ」

おもむろにそんな台詞を告げると、アデリアが立ち上がった。

それを見て、ダーテンもまた自分の椅子を後ろに引くとアデリアの前に立って歩き始める。

だが、そんな二人をクーデルスが引き止めた。

「お待ちなさい二人とも。どこに行くつもりですか？」

クーデルスの言葉で二人は振り返り、なぜそんなことを聞くのかと言わんばかりの目を彼に向ける。

「もちろん村長のところです。彼女から事情を聞いてアリバイを確認しなくては」

面倒だと言わんばかりの声色でそう告げたアデリアだが、クーデルスは一瞬呼吸を止めた。

クーデルスの前髪と眼鏡の向こうにある目がスッと細められたのが、見えもしないのに気配だけでありありと感じられる。

アデリアとダーテンが本能的に拙いと悟った次の瞬間、凪の海を思わせるような穏やかな声が問いかけた。

「なぜ？　その必要はないでしょう」

あまりにも意外な台詞に、アデリアは思わず息を呑む。

何を言ってらっしゃるの？

せっかく入った新たな手がかりを、この男はみすみす見逃せと言うのかしら？

「言葉の意味がわかりませんわ。むしろ絶対に必要でしょう！」

声を荒らげるアデリアだが、クーデルスはそんな彼女に向かってボソリと呟く。

「呆れましたね、アデリアさん」

その言葉が響いた時、アデリアの体は麻痺の呪詛でも喰らったかのように凍りついた。

なぜなら、クーデルスが告げた言葉の意味はひとつ。

――私は、正解へと続く道を間違えた⁉　だが、いったいどこで？　何を？

わからない。わからない！　わからない！　わからない！　わからない！　わからない！

わからない！　わからない！　わからない‼

背中に汗をかきつつ、石像にされたかのように体を強張らせながら自問する彼女に、クーデルスは子供に言い含めるかのような声で問いかける。

「お伺いしますが、代官を殺した方法は見つかったのですか？　しかも、腕力も知識も魔力もない村長ができるという条件つきで」

「そ、それは……」

たしかに、何をどうやったらあのような殺し方ができるのか、彼女には全く手がかりがない。

「どうやら、貴女は最初からこの事件を読み違えたようですね。まぁ、私はそれでかまわないんですけど。むしろ好都合ですし」

「え……、最初から？　何を、私は何を間違えたんですか⁉」

クーデルスの言葉に、アデリアは愕然とした顔ですがりつく。

だが、そんな彼女に、クーデルスはいつものように優しい声で、だが断固とした意志をこめながらこう告げた。

「何度も言っているでしょう？　あれは……事故なんですよ。貴女ならもしかして真実にたどり着くかもしれないと思いましたが、まだ少し荷が重かったということですね。今この時点で真相がわからないなら、探偵ごっこはここまでにしなさい」

「……そんなぁ」

ガックリとうなだれて、アデリアは花がしおれるような動きでペタンと椅子に腰を下ろす。

その後ろで、しばらく考え込んでいたダーテンがアッと叫びそうな顔で目を見開き、恨みがましい目を向けながら口をパクパクさせていたが、クーデルスは片目を閉じて黙っていろと合図を送った。

「いいですか、アデリアさん。真実を追究する以前の話をします。貴女たちが村長に話を聞いて、彼女が代官を恨んでいたと告白したとしましょう。それで、なんになるんです？　彼女は犯人なんかじゃないのに」

「でも、真実にたどり着くには……」

幼子を叱るようなクーデルスのまなざしを受けて、アデリアの声はどんどん小さくなり、やがて風に晒された蠟燭(ろうそく)の明かりのようにその願いが吹き消される。

後に残るのは、未練という名の煤(すす)交じりの黒い煙だけ。

「では、なんと聞くのです？　今ならばちょうど子供たちと一緒にいることでしょう。子供たちをのけ者にしようとも、彼らはこっそりと聞き耳を立てるでしょうね。なにせ、やんちゃ盛りの男の子しかいませんから。それで、子供たちの耳がある場所で貴女は、こう聞くわけですよ」

クーデルスは優しく、だが速やかにアデリアの罪をつまびらかにした。

「貴女は代官に陵辱され、子供を生みましたね。下の子供の父親は、あの悪逆非道の代官だということはもうわかっています。貴女は、その子供の父親を心から憎んでいた。その子供の父親である代官を、母親である貴方が殺しましたね……と？」

それが、どれほど残酷なことか？　さすがにそれがわからないアデリアではない。

先ほどよりもさらに多い汗を背中にかきながら、アデリアは震えそうな自分の肩を抱きしめた。

「貴女の好奇心を満たすために、貴女は真実という大義名分を振りかざす。それで誰が不幸になろうとお構いなしですか？」

「そんなつもりはありません！」

叫びながら立ち上がったアデリアだが、その肩をダーテンの大きな手が包んだ。

「やめようぜ、アデリア。兄貴の言う通りだ。たぶん、俺たちがこれ以上何かを知ろうとすれば、村長のやっと塞がりかけた心の傷口をえぐることにしかならねぇよ」

「そ、そんなこと、もうわかっていましてよ！」

優しい声で語りかけるダーテンの手を振り払い、アデリアは八つ当たり気味な視線と台詞を返した。そんな理不尽な振る舞いを受けたにもかかわらず、ダーテンは貴公子然としたその顔にただ苦笑いを浮かべる。

そして、すっかりむくれてしまったアデリアを諭すように、クーデルスは優しく命令を下した。

「ならば、私がもうやめなさいといった意味はもうわかりますね？　アデリアさん。貴女は探偵でもなければ推理小説の主人公でもないのです。――真実を知る人よりも、優しい人でありなさい」

「……心得ました。団長」

そう、ここが引き際なのだ。真実を追究するのは、彼女の職務ではない。

未だに納得しきれないといった目をしてはいるものの、彼女はその真実を受け入れた。

するると、クーデルスはパンと手を打ち合わせ、口調を事務的なものに切り替えつつ、こう告げたのである。

「さて、だいぶ暗くなりましたし、ダーテンさんはそろそろアデリアさんを送っていってあげなさい。明日には調査官も来るでしょうから、忙しくなりますよ？」

クーデルスがそう告げた翌日、二人の騎士が調査官として王都からやってきた。

そして、当然のように彼らは最初に代官の死亡した部屋を検分したのだが……。

すぐに彼らは血相を変えてドカドカと階段を駆け下りてきた。

そして蹴破ると表現したほうがよさそうな勢いでドアを開け放ち、騎士はクーデルスの胸倉を掴んで怒鳴り散らしたのである。

「おい、貴様……何が事故だ！　あんなもの、誰が見ても他殺だろうが‼」

だが、クーデルスはため息をひとつついてからハンカチを取り出すと、頬に飛んできた唾をわざとらしいほどゆっくりした動きでふき取った。

そして、騎士たちではなく周囲へと、温度の感じられない灰色の声でこう告げたのである。

「さて、かなりくだらない話になりそうなので、みなさん部屋の外で待っていてくださいませんか？

あぁ、アデリアさんとダーテンさんは残ってください。

話の途中でいくつか用事ができそうだし、後で説明するのが面倒ですので」

「貴様、く……くだらない話だと⁉」

半ば無視されるような形になり、騎士たちの額にくっきりと青筋が浮かんだ。

だが、怒り狂った騎士たちに、クーデルスは全く取り合わない。

代わりに、分厚い眼鏡と前髪の向こうで、真夏の森よりも鮮やかで深い色をした緑の眼を哀れむようにそっと細める。

そしてアデリアとダーテン以外の人間が部屋からいなくなると、胸元を摑む騎士の指を、服に絡んだ小枝のように振り払った。

「痛っ……⁉　貴様、抵抗するか‼」

「さて、お話を再開しましょうか」

クーデルスは知能の低い輩(やから)の言い分は心底理解できないと言わんばかりの顔と声で、この事件が起きてから何度目になるかわからない台詞を口にしたのである。

「何度も申し上げますが、あれは事故です。まさか、本職の調査官である貴方がたまでおわかりにならないとは、なんとも嘆かわしい」

「貴様……頭がどうかしているのではないか⁉」

クーデルスの微塵も揺るぎない態度と言い分に、調査官たちの顔が嫌悪とも困惑ともとれる表情に歪んだ。

「いやぁ、頭がどうかしている可能性があるのは、むしろ貴方たちでしょう？」

「貴様！　騎士を愚弄する気か‼」

さすがにこの台詞は許せなかったのだろう、騎士たちが腰に差した剣に手をあてる。

同時にダーテンがそっと身をかがめ、いつでも飛び出せるような体勢に入った。

そんな緊張した空気の中、クーデルスは場違いなほどに朗らかな声で告げる。

「だって、麻薬なんかやっている人が、まともに頭働くわけないいじゃないですか」

「それは……どういう意味ですの⁉」

たずねたのはアデリアだった。同時に、騎士二人が何かを言いたげな視線をぶつけてくる。

だが、騎士たちはダーテンの殺気をこめた視線に押さえつけられ、ひたすら沈黙するしかなかった。部屋の中に濃厚な殺気が立ち込め、焦れるような汗のにおいが漂い始める。

そんな中、クーデルスだけがそんな空気を読まずに、嘲笑うかのように明るい声でアデリアの疑問に答えを返した。

「アデリアさんもダーテンさんも、代官のいた部屋に入った時に、妙に甘ったるい感じの変なにおいがしませんでしたか？」

「そういえば何か嗅ぎ慣れないにおいがしましたわね」

現場の記憶を探りながら、アデリアはクーデルスの言葉の意味を考える。

だが、最初に正解へとたどり着いたのは、ダーテンであった。

「あーあれか。もしかしてだけど、大麻のにおいってやつ？　マジ臭かったんだけど」

「ご名答。では、代官はその大麻をどこから手に入れていたでしょうか？　あぁ、誰からではなくて、どういうところからという意味でですがね」

ところどころヒントを出しながらクーデルスはアデリアと視線を合わせる。

「……麻薬を販売する犯罪組織」

「またまたご名答。冴えてますね、お二人さん」

にっこりと微笑みながらクーデルスはアデリアから視線を外し、全員が視界に入る場所へと足を進めた。

「ここには関係者しかいないのでぶっちゃけますが。この騎士二人はね……たしかに正式な調査団員ではあるんですが、実はその犯罪組織の仲間でもあるんですよ」

クーデルスの発言に、アデリアが思わず騎士の顔を見る。

「今回は適当に犯人をでっち上げた上で、代官が大麻を所持していた痕跡を消すよう、犯罪組織から密命を受けているのです」

すると、血走った目をした騎士たちは、まるで呪縛から解かれたかのようにクーデルスを罵倒し始めた。

「失敬な！　貴様こそ頭がどうかしているのではないか⁉」

「黙っていれば根も葉もないことを！　何を証拠に我らを侮辱するのか、この田舎者め‼」

だが、その台詞がクーデルスによって誘導された代物であることを、彼らは知らない。

「証拠ですか。まぁ、情報は冒険者の情報部経由ですが、それだけでは証拠としては使えませんね。では、別の方法で貴方がたが無実であるかどうかを判定しましょう」

クーデルスは口元だけで笑みを作ると、懐から手のひらに載るぐらいの小さな箱を出してくる。

そして彼が前おきもなくその箱を開くと、中には砂利のようなものが入っていた。

「……ひっ」

その箱の中身を見た瞬間、アデリアが腹と口を押さえながら涙目でダーテンにもたれかかる。

脇腹に触れた彼女の手が小刻みに震えていることに気づき、ダーテンが首をかしげた。

こんなもので、いったい何を証明するというのか？　そんな疑問が吹き荒れる中、クーデルスは語り始める。

「これはダニですよ。アデリアさんには一度説明しましたが、これは麻の無毒性を保持するために造られた特殊な性質を持つダニなのです。普段は麻薬成分を持たない麻と共生していますが、麻薬成分を感知すると爆発的に増えて、問題のある個体を喰らい尽くします」

その台詞に、騎士の一人がハッと何かに気づいた。

「まさか……代官が白骨になっていたのは⁉」

「ご想像にお任せします……と言いたいところですが、このダニが大量に蔓延(はびこ)っている畑を視察した後に大麻を一服すれば、どんな事故が起こるのかは説明しなくても良いことですよね？」

何か得体の知れない威圧感を漂わせながら、クーデルスは穏やかな、だがホラー映画の語り手のように恐怖を漂わせた声で真実を告げた。

「あれは、事故だったんですよ。麻薬に溺れた愚か者の自滅という……ね」

ここまで説明すれば、クーデルスが何をしようとしているのかを想像するのは難しくないだろう。

騎士たちはその首筋に死神の吐息を感じ取り、心の中でひたすら運命の神を呪った。

クーデルスの手の上で、箱の中の生き物がザワッと音を立てる。見ているだけで背筋があわ立つような光景だ。

「あぁ、ご心配なく。大麻に手を出してさえいなければ無害な生き物ですよ」

慄きうろたえる騎士二人を見下ろし、まるでとってつけたように白々しい台詞がクーデルスの口からこぼれ落ちる。そしてわざと恐怖を煽るように、彼はこう付け加えた。

「ただし、貴方がたが麻薬組織の手下だとしたら諦めてください。しかたがないですよね？　それはもう、天罰のようなものですから」

残酷なまでに穏やかで優しく、笑顔を浮かべながらクーデルスが一歩足を踏み出す。

すると、騎士二人は本能的に一歩後ずさった。

「なぜ、逃げるのですか？」

「に、に、逃げてなど……」

「わ、我々を、た、た、試すな！　ぶ、ぶぶ、ぶ、無礼、無礼で……あるぞ!!」

むろん、この騎士二人が大麻に手を出していないわけがない。この村に来る前にも、二人でこの村をどう締め上げるかについて雑談しながら、気持ちよく一服やってきたところだ。

「無礼などではありませんよ。ただ、試すだけです」

クーデルスの声の中に死の足音を感じつつ、騎士二人は脂汗をかきつつ逃げ場を探して視線をさまよわせる。

しかし、たったひとつしかない部屋の出入り口には、いつの間にかダーテンが回り込んでいた。

そして、焦る騎士二人に向かってクーデルスはさらにこんな言葉を囁きかける。

「ちなみにですが……実を言うとこの判別も万能ではないんですよ。大麻を吸ってから時間がたつと、においが薄れて検知できなくなるんですよね」

そんなクーデルスの言葉に、騎士二人は一筋の光明を見出す。

もしかしたら、大麻を吸ってから数時間程度たっていれば、無事に済むのではないだろうか？

だが、彼はこう続けたのである。

「そうですね。目安としては、三日ほどです。大麻を吸ってから三日以内であれば、亡くなった代官と同じ運命をたどることでしょう。でも、貴方たちならば問題ありませんよね？　何せ、潔癖なのですから。さぁ、いま私が貴方がたの無実を証明してさしあげます」

そう告げながら、クーデルスは手にした箱を振りかぶった。

「ま、待て！　待ってくれ!!」

剣を持っての戦いならばいざ知らず、凄まじい数のダニを相手にどう闘えばいいかなど、彼らには想像もつかない。

恐怖のあまり、騎士二人はクーデルスの前に跪いて懇願するしかなかった。

その態度が、彼らの身が潔白であるかどうかを雄弁に物語っている。

持ち上げてホッとしたところに、最終通告を突きつける……そのエグい話術にダーテンは我が事のように青褪め、アデリアは目をキラキラとさせる。

「おやおや、何をやめるというのです？　貴方たちは麻薬に手を出したことはないんでしょう？　だったら何も怖くありませんよ」

まるで幼子を諭すようにそう告げると、クーデルスは容赦なくこの中身を騎士二人の上にばら撒いた。

「さぁ、審判を始めましょう」

次の瞬間、赤黒い血のような色をしたダニの塊が騎士たちの皮膚の上でいくつも膨れ上がった。

「ぎゃあぁぁぁぁぁぁぁぁぁぁぁ！　虫！　虫が!!」

「うわぁぁぁぁぁぁぁぁぁぁぁぁ!!　いやだ！　食われたくない!!」

奇しくも、二人の叫んだ台詞は代官が事故の直前に叫んだ言葉とよく似ていた。

だが、その悲痛な叫びも、うずたかく積みあがったダニに埋もれてすぐに聞き取れなくなる。

やがて、ダニの山に騎士たちの体が完全に埋もれた頃。

「止まりなさい」

クーデルスが静かに一言呟くと、ダニの塊は一瞬で解けて赤黒い粘液となって流れ落ちた。

その下からは傷ひとつない、だが素っ裸になった騎士たちの姿が現れる。

その瞬間、アデリアが大きく目を見開いた。だが、クーデルスは彼女の何か言いたげな視線を無視し、騎士たちへとにこやかな顔で告げる。

「では、改めて申し上げます。あれは、事故です。……そうですね？」

「わ、わかった……あ、あれは……事故だ。事故だったんだ」

「はやく……はやくこの恐ろしいものを俺からはがしてくれ……なんでも言うことを聞くから！」

無数のダニにたかられ、騎士二人はすっかり毒気をなくしていた。そんな彼らに向かい、クーデルスは滔々と語り始める。

「ご心配されなくとも、私に麻薬密売組織を潰そうなんて崇高な使命感はありません。王太子の派閥の資金源を追及して、国の勢力図を塗り替える気もないんです」

——なんですって⁉

さらりとクーデルスの口から出たとんでもない言葉に、アデリアはさらに目を見開く。

それは殺人事件どころか、国を根底から揺さぶりかねないスキャンダルではないか！

自分が理解していたと思った事件の謎が氷山の一角に過ぎなかったことを知り、彼女の胸からピシリとプライドが欠ける音が響く。

「お前の望みは……なんだ」

顔からダラダラと汗を流しつつ、大柄なクーデルスの顔を見上げて騎士が呻く。

するとクーデルスは窓際に立って太陽の光をさえぎりながら、嬉しそうな声で告げた。

「申し上げましょう。私の望みはね……」

逆光の中で、クーデルスの形をした黒いシルエットが予想もしない言葉を告げる。

「ここにいるアデリアさんをこの領地の次の代官とすることですよ」

「はぁっ⁉」

その言葉に、騎士だけでなくアデリアとダーテンまでもが声を漏らした。

「この村の復興速度をごらんになりましたか？　ものすごいスピードでしょう」

「た、たしかにそうだが……」

それだけで代官になることはできないと言いたげな騎士たちだが、クーデルスはその言葉をさえぎって話を続ける。

「たしかに私も植物の品種改良などで色々と助けはしましたが、主に働いたのはこの二人です。代官としての手腕は保証しましょう。この村の現状が彼らの実績です」

「だが、この二人には後ろ盾が……」

そう、代官になるためにはそれなりの学歴と後見者が必要だ。

だが、思い返せばアデリアは女王となるための教育を受けており、教養だけでもそこらの代官など相手にならない。さらに、この村を復興したという実績も、無視できるほど小さくはなかった。

「後ろ盾ですか？　アデリアさんは元々貴方たちの派閥の重鎮の娘ですよ。これを機に公爵家と復縁してしまえばいい。そうすれば、資格は十分です」

「い、いや、先方がなんと……それに女が代官だなんて前代未聞だ！」

言葉を濁す騎士たちだが、クーデルスは逃がさない。笑顔のまま彼らに詰め寄った。

「やはり親子が断絶したままというのは、よろしくないのですよ。みんなが幸せになるためなら、女代官の前例なんてどうでもいいことです。違いますか？　ダメだというなら、私が直談判します」

……とはいっても、おそらくアデリアの父は簡単には頷かないだろう。

アデリアの家は公爵家であり、市井の者の言葉などに耳を傾けるはずもないのだ。

だが、このデタラメな男がやると言い出したのならば別である。

多大な迷惑と騒動の果てになんとかなってしまいそうなのが、どうしようもなく恐ろしい。

しかし、その言葉を聞いているアデリアの心情は複雑であった。

家族に未練がないかと言われたら、すぐさま否と答えるであろう。だが、あまりにも急な話すぎて、心と理解が追いついてこないのだ。

そんなアデリアの懊悩を他所に、クーデルスは騎士たちへと言葉をたたみかける。

「私、そこまで無理を言っているとは思わないんですけどねぇ？　鉱山を掘り尽くして旨みのなくなったライカーネル領ぐらい、貴方がたの罪を黙っていることへの代償として譲ってくれてもいいじゃないですか」

「そ、それは……我々の一存では……」

そう、たかが騎士にそんなことを決める権限はない。

しかし、そんな逃げ口上などクーデルスは最初から想定済みである。

彼は徳の高い聖職者のごとき声色で彼らに語りかけた。

「だったら、話のできる人を連れてらっしゃい。その交渉ぐらいはできるでしょう？　貴方たち、仮にも貴族階級のはしくれなんですから」

そう、色々と言い訳をすればできないわけではない。

自分たちの株を落としたり、適切な理由をでっち上げたり、根回しをするのが色々と億劫なだけだ。

それがわかった上で、クーデルスは微笑みながら告げたのである。

「できなければ……罪を暴露するだけです」

そのしらじらしい脅迫を前に、彼らが否と言えるはずもなかった。

「本当に事故ってことになっちまっただか……信じらんねぇだよ」

悲壮な表情ですごすごと王都に帰ってゆく調査官の後ろ姿を見つめながら、村人がコソコソと噂する。

「団長殿は、いったいどんな手を使ったんだべ？　ちゅーより、なんでそんなことができるんだべ？」

「雰囲気暗ぇし、図体ばっかりデカいオッサンに見えっけど、あいかわらずやることはバケモノじみた人だなや」

調査官が残した最後の言葉は、この事件は事故であり、殺人事件ではないという言葉であった。

村人たちは誰もが首をかしげる。いったい何をどうしたらこんなことができるのだろうか？村人も、復興支援団の連中も、事情を知っているであろうアデリアとダーテンからその理由を聞きたくて仕方なかったが、その二人はえらく深刻な顔をしたまま押し黙っており、何かを聞ける雰囲気ではない。

結局、事件の関係者からは何も聞けなかったハンプレット村の連中は、食堂でビールを片手にこの事件の真相を推理し合うようになる。

それはあたかもケネディ暗殺事件のように、永遠に謎の陰謀劇として長く村民たちに語り継がれる娯楽となるのだが、それはまだ未来の話。

エピローグ……………神と魔王の答え合わせ

「兄貴、ちょっと風呂に付き合わないか？」

調査官を見送った後。クーデルスの後ろから、なんの脈絡もなくダーテンがそんな誘いを口にする。

「かまいませんよ？　ちょうど大きな仕事が片付いたところですしね。風呂でサッパリするのも悪くありません」

だが、その時だった。

ダーテンのさらにその後ろから、思わぬ人物が参加の声を上げたのである。

「私もご一緒していいかしら？」

「……アデリアさん？」

ニッコリと微笑んでいるアデリアだが、その目は少しも笑っていなかった。

むしろ獲物を狙う猛禽と言ったほうがしっくりとくるだろう。

「せっかくですから、今回の事件の答え合わせでもしませんこと？」

「駄目だと言っても納得しそうにありませんね」

ため息交じりにそんな台詞を吐くクーデルスへと、アデリアは無言のまま威圧するような笑みを向けた。

「わかりました。サウナ風呂ならばいいでしょう」

クーデルスは片手で顔を覆いながら、色々と諦めた声でそう返す。しかしその逆の手は、こっそり逃げようとしていたダーテンの服のすそをしっかりと握り締めていた。

「いや、兄貴、俺ちょっと急用が。腹が痛くて頭痛と扁平足(へんぺいそく)の発作が襲いかかってとにかくヤバい状態なんだ。……頼むから見逃してくれ」

「どうせ逃げても別の機会に絡まれるだけです。おとなしくついてきなさい」

クーデルスにそう言われ、ダーテンはその逞しい背中を丸めてうなだれる。

彼がクーデルスとアデリアに連行される姿は、屠畜場(とちくじょう)に連れてゆかれる牛のようだった……と後に村人たちは語ったとか、語らないとか。

そして三人は村の公共施設として作った大きなサウナ風呂に入ると、そこを貸切にして密談を始めたのである。

濛々(もうもう)と煙が上がる浴室の中。

男二人が腰にバスタオルを巻いただけの姿で待っていると、ドアが開いて裸身にサウナ用のローブだけという、ある意味で扇情的な姿のアデリアが現れた。

そして、彼女はクーデルスの代わりに見覚えのない人物がいるのを見て、その可憐な顔立ちに怪訝な表情を浮かべる。

「……どなたですの？」

アデリアが警戒心たっぷりに眉をひそめる先には、ダーテンの横にいても見劣りしない見目のいい美丈夫がいた。

こげ茶の髪と翡翠(ひすい)のような色の目、状況からすれば素顔を晒したクーデルスということになる。

だが、普段のむさくるしい姿が頭にこびりついていて、この絵画から抜け出してきたかのような美中年とはどうにも頭の中でイメージが一致しない。

「いや……私ですよアデリアさん。なんでいきなり不審人物を見るような目をして後ずさるんですか。それはこっちがローブから覗く肌に興奮したり歓声を上げたりした後の反応でしょ」

謎の人物の隣で、ダーテンが腕を組んだままそうだそうだと大きく頷いた。

「……なぜ普段があんな感じなのかは存じ上げませんが、その素顔は完全に詐欺ですわね」

鍛えられた裸身を晒しているのもあいまって、今のクーデルスは、全身から漂う色気が半端ではない。この見た目なら、いくらでも恋の相手は作れるだろうに……とは思ったが、なぜかクーデルスは機嫌が悪そうだ。

「ほっといてください。さすがに風呂の中では眼鏡が曇ってしまいますから、仕方なくですよ」

そう言いながら、クーデルスは前髪をかき集めてその涼やかな顔をわざとらしく隠し始める。

どうやらいつもの姿に対して理解しがたいこだわりがあるようだが、アデリアは面倒くさそうだからという理由で無視することにした。

「まず、先日の話のおさらいからさせていただきますわね」

ベンチの上に腰を下ろすと、アデリアは了承も得ずに答え合わせを始める。

「私たちが最初から間違えていたというのは、犯人がどうやって代官を白骨にしたかを考えていたからですわ」

「……ようやくそこに気づきましたか」

目の前の美中年は、嬉しそうな声を上げたのだが、アデリアの反応は微妙だった。

声も口調も完全にクーデルスなのだが、目の前にいる人物がどうしてもクーデルスに見えず、アデリアは気持ちを落ち着けるために目をそらす。

それをダーテンが微妙に面白くなさそうな目で見つめる中、アデリアは彼女が勘違いしていた謎について彼らに告げた。

「ええ、先ほどやっと気づきましたわ。私たちが考えなければならなかったのは、白骨にした方法ではなく、なぜ白骨にしなければならなかったかだったのですね」

「その通りですが、なぜそう思いました？」

クーデルスがたずねると、アデリアは何か嫌なものでも思い出したかのように顔をしかめた。

「あの忌まわしきダニのせいですわ。先ほど調査官の悪徳騎士たちが襲われた時に、彼らの身につけていた木綿の衣服は……それこそ下着すら容赦なく食い荒らされておりましたが、彼ら自身には傷ひとつございませんでしたもの」

そして彼女は自らの推論を口にする。

「つまり……あれは草食の生き物で、肉は食わない。違いますか？」

そう、つまりアレが大麻に反応したところで、人が骨にされることはないのだ。

アデリアの出した答えに、クーデルスは大きく頷く。

「いいえ、違いません。あれは植物性のモノだけを食べるように作ってあります。間違って大麻を口にした家畜が襲われてはたまりませんからね」

「そしてあの血液に似たものは、増殖したダニが分解された代物ですね。大方、そのまま肥料か何かになるといったところでしょうか」

「ええ、まさにその通りですよ」

やっと気づいてもらえましたかと嬉しそうなクーデルスとは対照的に、アデリアの表情はすっかり沈んでいた。

——なぜ気づかなかったのだろう。

そもそも、政治家としての見識を持ったクーデルスが、そんなわかりやすい危険性のある生き物を作るはずもないのだ。

いや、なぜクーデルスを信じられなかったのだろう。

おそらくそれができていれば、答えにたどり着くのはもっと早かったはずである。

本来ならば、弟子である彼女こそが、誰よりもクーデルスを信じなければならなかったのに。

すると、横で聞いていたダーテンがチッと品のない舌打ちをした。

「じゃあ、やっぱり代官の奴はまだ生きているってことかよ」

たしかに、あの骨が代官のものでないというのならば、その可能性が発生する。

しかし、ダーテンの口からこぼれたそのとんでもない言葉にも、アデリアは反応を見せない。どうやら彼女もまた〝真実〟にたどり着いたようである。

「そういえばダーテン君はアデリアさんより先に真実に気づいたようでしたが、どうやって気づいたんですか？」

ふと思い出したかのように、クーデルスはダーテンにたずねる。

ダーテンはその逞しい肩をすくめると、つまらなそうに答えを口にした。

「骨格だよ兄貴。最初はわからなかったけど、最初からずっとぼんやりとした違和感を覚えていたんだ。ヒントをもらってやっと気づいたんだけどさ、あの骨は代官の体つきと一致しないんじゃね？　……ってな。たぶん、俺が見る限りあれは女性の骨だな。男の骨とは特に骨盤が違う。俺みたいなのは、体つきからそいつの戦い方を想像する癖がついているもんだぜ？」

なんてことをため息交じりに口にしながらも、よくよく見れば唇の端がニヤついている。

アデリアより先に気づいたのがちょっと自慢のようだ。

「やれやれ、身長だけ同じならば誰も気づかないと思ったんですがねぇ。その辺で野たれ死んでいた骨を修復しただけでは不完全でしたか」

「つまりあの骨は、代官が生きていることをごまかすために、貴方が外から持ち込んだものですね？　クーデルス団長」

ため息をついて反省をするクーデルスに話しかけたのは、アデリアであった。

そして彼女は言葉を区切ると、クーデルスが代官を生かし、わざと死んだフリをさせたその理由を口にする。

「……この村の人間が、誰も人殺しにならないように。貴方はそのためにこんな面倒なことをしたのですね。クーデルス団長」

その言葉に、クーデルスは頷いた。

「その通りです。私は誰も人殺しにはなってほしくなかった。だって、そんなの不幸にしかならないじゃないですか。そんな愛のない展開は私の好むところではありません」

だが、順調に進む復旧作業の水面下で、村人たちの憎しみは代官を殺さずにはいられないほど燃え盛っていた。

このままでは、近いうちに暴動という形で復讐に及ぶかもしれない。

だが、どうすれば村人たちが納得する形でそれを防ぐことができるだろうか?

そこでクーデルスは思いついたのだ。

——代官には、死んでもらおう。

そう、死んだことにしてしまえばいいのだ。なぜなら、死人はもう殺せないのだから。

この村の人間たちから復讐の炎を消すには、これ以上確実な方法はないだろう。

そして、それが事故死ならば誰の罪にもならない。

だから、あの夜にクーデルスは一人で行動に出た。

少し前の村の酒場で、あの英雄と呼ばれた短慮な青年が、酔った勢いで代官を殺すと宣言した時から。

そう、実はアデリアたちが導き出した部屋への侵入方法は、村人のほとんどが最初から知っていたことだったのだ。そんなことすら口をつぐまれ、秘密になってしまうあたり、代官がいかに憎まれていたかが偲ばれる。

そして代官がやってきたなら、村長の家の客間に泊まるのは決まっていた。

さらに、代官はいつもすぐに部屋に閉じ込もり、大麻を楽しんでいる間は自分の部屋に誰も入れない。

ならば、そこに侵入する方法があれば、きっと代官を殺せる。

そんなかなり具体的な殺害方法までをも口にした青年だったが、クーデルスからすると、実行すれば返り討ちになるのは目に見えていた。

戦場帰りのオオカミと、イキった羊とでは最初から話にならないのである。

ゆえにクーデルスは、事件当日に代官を暗殺しようとした青年を待ち伏せし、その意識と移動手段を奪った。そして代官の悲鳴が上がると同時に部屋に飛び込み、気絶した代官の身包みを剝いで白骨死体と入れ替え、代官に偽装した死体をダニの死体の溶けた水溜りの中に放り込んだ。

部屋の床や天井にダニの溶けた液体が付着しなかったのは、それがクーデルスの眷属であり、彼の意思によってスライムのように形を自在に変えることができたからである。

それがあの事件の夜に起きた全てであった。

「あれ？　兄貴。部屋から逃げ出す時はどうしたんだ？　いくらなんでも、一人乗り用の気球一個で、大の大人二人は飛べねぇぞ？」

クーデルスの説明を聞き終えると、ダーテンがふと首をかしげてそう呟いた。

あぁ……と何かを思い出したような声を上げると、クーデルスはなんでもないように種明かしをしてみせる。

「帰りは別に飛べなくてもよかったんですよ。落ちる速度さえ緩やかになればね。あとは全力で跳んでできるだけ離れた場所に着地すれば、誰にも疑われません」

道理で窓の真下にはなんの痕跡もないはずだ。

「……なんて力技」

たしかに人間では不可能な話かもしれないが、クーデルスの人間離れした脚力ならばそんなこともできるのだろう。

軽く眩暈（めまい）を覚えながら、アデリアはふと思い出したようにその計画のきっかけについてたずねることにした。

「そういえば、いったい何があってこんなおかしなことを始めたのか気になりますわね。きっかけが全く想像もできませんわ。もしよろしければですけど……いつから計画を思いついたのか伺っても？」

すると、クーデルスは彼女が思いもよらないことを話しだしたのである。

「きっかけは結構前ですね。奴隷商館の女中さんの中に、この領地から来た人がいたことでした。初めて彼女と会った時に、この代官の悪行を教えてもらったんですよ」

まさか、かつて自分の寝泊まりしていた商館にそんな人物が⁉

思いもよらぬきっかけに、アデリアは思わず目を見開いた。

だが、代官は人質をとって口を封じていたのでは？

クーデルスはいったいどんな方法でそんなことを聞き出したというのだろうか？

すると、彼はなんでもないことのように、こう説明し始めたのである。

「私もまた不正なルートで売られてきた違法奴隷でしたから、彼女はこの領地から売り飛ばされてきたんじゃないかと思ったんでしょうね」

そんなクーデルスの言葉に、居合わせた面子は納得するものの、同時に別の違和感を覚えた。

「そ、そういえば貴方も違法にさらわれてきた奴隷でしたわね。今となっては、どうやったら貴方を捕まえて奴隷にできたのか、想像もできませんが」

むしろ何かの陰謀のために、わざと捕まったと言われたほうが納得する人も多いだろう。

「いやぁ、お恥ずかしい話です。私もまだまだ未熟だったということですよ」

少し顔を赤らめつつ、クーデルスはボリボリと頭を掻く。

まさか理想と現実のギャップに耐えかねて気絶したからだなんて、人に言えたものではない。

「まぁ、そんなわけでしてね。もしかしたらライカーネル領から来たのかと聞かれたので、旅の途中でいきなり捕まったのですが、捕まった場所がそんな領地だったかもしれない……って答えたんですよ。何せ、捕まった場所の地名なんて知りませんからね。嘘ではないです」

おそらくは、そのまま事情をはぐらかせつつ、思わせぶりな言葉で聞き出したのであろうか。

間違いなく希代の詐欺師であった育ての親の仕込みであろうが、全く油断も隙もない変人である。

「そして彼女からこの領地の代官が村の人間を不正な奴隷として売り飛ばしていることを聞いていた私は、この村で災害があり、復興支援を求めているという張り紙を見て、ピンときたんです。……これは使えるとね」

「い、いったい何に使おうと思ったんですの？　少し怖いけど、お伺いしたいわ」

すると、クーデルスはその太くて長い人差し指を、まっすぐアデリアに突きつけた。

「アデリアさん、貴女ですよ。奴隷商館で燻(くす)ぶっている貴女を見て、最初から思っていたんです。なんてもったいないとね。大輪に咲き誇るヒマワリの花に、蘭を育てるような薄暗い温室は似合いません。それならば、この人を一番輝いて見せるにはどうすればよいか？」

クーデルスが言葉を区切ると、その言葉に聞き入っていた二人がごくりとツバを飲み込んだ。

「仕事を与えるべきなのではないか……と思ったんですよ。しかし、そこらの仕事では役不足になってしまいます。ならばこの人をこの国初の女代官にしてしまおう。私はそう思ったんです」

普通ならば、そう思ったところで夢物語で終わる話である。

だが、困ったことにこの男には、それを成し遂げるだけの能力が備わっていたのだ。

ならば、迷う理由は何ひとつない。周囲の迷惑など、最初から気にもならないのだから。

「……ということは、貴方の計画はまだ終わったわけじゃないのですね。クーデルス団長。私はまだ代官になっていないし、そうすんなりと話が進むはずもありませんわ。おそらく、貴方の頭の中ではこの領地の主である王太子と話をつける計画がすでに動いているのでしょう？」

「ええ、その通りです」

クーデルスが大きく頷くと、アデリアは自らの肩を抱いて僅かに身震いをした。

「私の師匠と見込んだ人ではありますけど、恐ろしい方ね。いったい、その綺麗な目の奥でどれだけの策謀を描いてらっしゃるのかしら？」

翡翠のような色をしたクーデルスの目を覗き込んでも、その奥に悪意に満ちた陰謀は欠片も見えない。むしろ包み込むような優しさと穏やかさを感じるだけである。

だが、この男には有り余るほどにあるのだ。

名誉を花のように開かせる力量と、富という名の実を結ばせる知恵、そして目的のためには手段を選ばない冷酷な毒が。およそ、ないのはモラルや常識ぐらいだろうか？

「お伺いしたいことはまだまだありますのよ？　この復興支援団の軍資金といい、私たちを奴隷として所有していたあの欲深い商人が、なぜこんなにも協力的だったのか……謎は尽きませんわ」

おそらく、クーデルスはまだまだ手札を隠している。それは間違いない。

だが……

「あぁ、まだそこについては秘密ということにしておいてください。そのほうが都合がいいので」

予想通りクーデルスは笑顔でその内容を伏せた。

「最後に聞かせてくれ」

すると、アデリアの質問が一通り終わったと感じたのだろう。

隣にいるダーテンが口を挟んできた。

「なんですか、ダーテンさん?」

「……死んだことになっている代官は、今どこで何をしているんだ?」

「彼ですか」

たしかに、そこについてはアデリアも気になっていたところである。

すると、クーデルスは清々しいほどの笑顔でこう告げたのだった。

「モラルさんに欲望のほとんどを抜き取ってもらった上で、罪悪感だけを増幅してもらいました。彼に許される喜びは、罪を償い感謝の言葉を受けた時だけです。まぁ、それもすぐに罪悪感で塗り潰されてしまうのですけどね」

……エグい。

アデリアとダーテンは、奇しくもそろって同じ言葉を胸の中で呟く。

それは、もしかしたら下手な拷問よりもキツいのではないだろうか?

「彼も今頃は、聖人のようになって辺境の開拓地で汗水流して働いているでしょう。村長さんとその子供のためにね」

「……なんで?」

「村長さんとその子供のため？　理解できませんわ」

夢見るようなまなざしをしたクーデルスが不可解な言葉を口走り、アデリアとダーテンがそろって首をかしげる。

「代官には、最後の罪を償う時まで村長さんとその子供に会ってはいけないと約束させたんですよ。いつか彼は、彼女たちに与えたもの以外の罪を償い終えて、最後の贖罪（しょくざい）として彼女たちと再会し、許しを請うのです。もしかして、そこから新しい恋物語が生まれるかもしれない……そう思うとワクワクするじゃないですか」

「……は？」

「何言ってんだ、このオッサン」

クーデルスの言葉に、ダーテンとアデリアはサウナ風呂の中にいながら一瞬で湯冷めしたような錯覚を覚えた。

彼女たちが許すはずないだろ、いきなり何をトチ狂った妄想を口走っているんだ、この男は⁉

そんな場面が訪れたとしたら、新しい恋どころか……もしかしたら今度こそ殺人事件が起こるかもしれない。

そしてアデリアは思い出す。

あぁ、この人って根本的なところで価値観がお花畑でしたわね。

信じられないぐらい賢い人だけど、恋愛感覚だけはまるで恋に恋する子供よりも拙く見えますわ。

――やはり完璧な人など、この世にはいないということなのでしょう。

しかし、代官が聖人のようになったというのならば……おそらくクーデルスの夢はかなわない。

そんな清らかな人間が、長生きできるはずもないからだ。

おそらく、代官はすぐに死ぬ。

……自ら愛した女と、その子供に再会することなく、甘い夢が砕ける苦しみを残しながら。

慈悲深いようで、なんと残酷な罰であることか。

「そんな日が来ればよろしいわね」

クーデルスの誤算を指摘することなく、アデリアは優しく微笑んでそんな言葉を口にした。

まるでクーデルスのそんな欠点を、心から慈しむように。

「ええ、きっとそうなりますよ！」

そしてクーデルスはその整った顔に、まるで恋を覚え始めた少年のような笑みを浮かべたのである。

かくして、ひとつの事件が終わりを告げた。

誰の目にも涙のない、ハッピーエンドである。

……ただし、一人の男の残酷な未来を除いては。

書き下ろし特別篇

エイボン三分クッキング

名状しがたき物体X、もしくはアデリアの手料理と呼ばれし物

事の始まりは、夏の暑さが厳しくなり始めた頃の昼過ぎ。

クーデルスの寝泊まりしている家に、アデリアとダーテンがたずねてきたことから始まる。

「クーデルス団長。今日はわたくしが料理を作ります」

その言葉に、クーデルスは首をかしげる。

「アデリアさん。　失礼ですが、料理を作った経験がおありで？」

彼女は筋金入りの箱入り娘であり、料理は全くできなかったはずでは？

「ええ、昨日ダーテンにも食べていただきましたの」

気になったクーデルスがダーテンに視線を向けると、彼は青褪めながら首を左右に振る。

「ダーテンさん、ちょっとこちらへ」

背筋に寒いものを感じ取ったクーデルスは、ダーテンを連れて隣の部屋へと移動した。

「もしかして毒物の類ですか？」

「いや、アレはそんなものじゃない」

クーデルスがたずねると、第二級の実力を持つ神は震えながらボソリと呟く。

「世界を汚染する忌まわしき呪物だ」

その言葉に、クーデルスの胡散臭い笑みが一瞬固まった。　そしてしばしの沈黙が流れた後、いきなり笑いだしたのである。

「まただ大げさな。アデリアさんは普通の人間ですよ？　我々と違って。世界を汚染するだなんて大それたものを作ることができるはず……ちょっと、笑ってくださいよダーテンさん。冗談でしょ？」

「冗談ならばよかったな」

どうやら冗談ではないらしい。クーデルスの背筋に冷たい汗が流れた。

男二人の血の気が引く音をＢＧＭに、隣の部屋ではアデリアが鼻歌を歌いながら暗黒の儀式……もとい料理を始めていた。きっとこの物語が終わる頃には、黒いマナが三つほど手に入ることだろう。

※わからない人はトレーディングカードゲームのマジック・ザ・ギャザリングについて調べてみよう！

「と、とりあえず観察しましょう。危険なことをしていたら、なんとしてでも止めなければ」

クーデルスたちはドアを僅かに開き、指が通るかどうかぐらいの隙間からアデリアの様子を窺った。

「うふふ、料理の基本は素材の鮮度ですわね」

そんな独り言を呟きながらアデリアが取り出したのは、ハンプレット村の名物であるアオウオであった。

すると、彼女はアオウオを生きたまま空っぽの鍋に放り込んだではないか。もちろん鱗(うろこ)は取っていない。

「と、止めましょう。アレは危険です！」

「待ってくれ、兄貴。アデリアの顔を見てくれ」

ダーテンの泣きそうな声に、クーデルスは視線をアデリアに戻す。すると……。

「……笑っている」

「そうなんだ。めったに笑わないアデリアが、あんな楽しそうに……なぁ、アレを止める勇気あるか？」

「ふっ、無理ですね」

むろん、この時点で男二人は料理を止めるべきであっただろう。だが、楽しそうなアデリアの作業を無理やり中断するなどということは、心根の優しい二人には到底できないことであった。

そんな男二人の感傷を他所に、アデリアの悪夢のような作業は続く。

「あら、ダメよ。鍋から逃げては困りますわ。えいっ！」

心優しい男二人が悟りを開いているその視線の先では、アデリアが暴れるアオウオの入った鍋を蹴り飛ばした。その衝撃で気絶したのであろう。鍋の中身の動きが止まる。

この時点で、ダーテンとクーデルスはもう何を言っても無駄だと悟り、死人のような目で彼女の作業を見つめる。

「次はお塩ですわね。ふふふ、この日のために最高級の岩塩を取り寄せましたのよ？」

そう呟きながら、アデリアは岩塩を削らずにそのまま鍋に放り込んだ。ちなみに水は入っていない。

ガランガランと神社の鈴のような音と共に、見物している男二人の顎がカクンと落ちた。

「次はスパイスですわね。胡椒はこんな感じでいいかしら？」

手の平の上で山を作るほどの黒胡椒は金槌でガツンガツンと叩き潰され、そのまま鍋に投入される。

胡椒の刺激で鍋の中の魚が息を吹き返したのか、ザリザリと砂を掻き回すような音が聞こえてきた。

「うふふ、今日は黒胡椒だけではなくて、特別にナツメグも用意しましたのよ？」

ナツメグは黒胡椒よりも高級なスパイスであり、貴族といえどもおいそれと口にできるものではない。

彼女は嬉しそうにそのナツメグを削り、なんと二〇個分も鍋の中に落とした。

「ダーテンさん」

「どうした兄貴」

「私の記憶違いでなければ、ナツメグは毒があります。一個丸ごと摂取すると成人男性でも精神に異常を起こし、場合によっては数日ほど昏睡するほどだと聞いておりますが……」

「あぁ、奇遇だな。俺も二個分のナツメグを口にして子供が死んだって話を聞いたことがある鬼の形相をしたダーテンが追いかける。


「……というわけで、あとは任せました！」

次の瞬間、クーデルスは玄関のドアを突き破るようにして外へと走り出した。その後ろを、鬼の形相をしたダーテンが追いかける。


そして家を出て五分。ついにダーテンがクーデルスを追い越してその前に立ちはだかった。

「どいてください、ダーテンさん！　私はまだここで倒れるわけにはゆかないのです!!」

「いやだ！　兄貴一人をいかせたりはしない!!」

そんな問答を繰り広げながら強引にダーテンの横をすり抜けようとするクーデルスだが、ダーテンは猫科の猛獣のように身をかがめ、クーデルスの左から猛然と組みついた。

「くっ」

「ぐあぁぁっ」

そのままもつれ合うように二人は地面を転がる。やがて、先に起き上がったのはダーテンであった。

そして彼はそのままクーデルスの上から飛びかかり、首に抱きつくようにして覆いかぶさる。

クーデルスは仰向けになったまま、そのむさくるしい抱擁から逃げ出そうと身を激しくよじる。

ダーテンもまた逃がすまいと必死にしがみつくものの、腕力に関してはクーデルスには敵わない。

体を半ば引き剝がされ、互いの腕を摑み合った状態に持ち込まれてしまう。

……すると。

「悪い、兄貴！　最終手段を使わせてもらう！」

「ダーテンさん、何を⁉」

クーデルスの背中に再び悪寒が走る。ダーテンの視線は、クーデルスの股間に注がれていた。

「やめるのです！　ダーテンさん、貴方……同じ男としてその痛みがわからないとは……」

だが、ダーテンは返事の代わりにその膝を全力でクーデルスの股間に叩き込む。

「うごおぉぉぉぉぉぉぉぉぉぉぉぉぉ⁉」

ズドン！　……と、軽く周囲の地面が揺れ、クーデルスは口から泡を吹いて倒れた。

その頃。アデリアもまた戦いを迫られていた。

「あら、何かしら？」

視線の先では、火にかけた鍋がガタガタと大きく震えている。

お湯が沸騰したにしても動きが大きすぎるし、そもそも鍋にお湯を入れていない。

そろそろ黒い煙が上がってもおかしくないのだが、その兆候もなく……。

「ゴンゲェエエエエ」

突如として、鍋の中から不気味な鳴き声が響き渡った。鍋の蓋が天井まで跳ね飛ばされ、その中から現れたのは、人間のような手足の生えたアオウオ。だが、そのおぞましい姿にもアデリアに動じる様子はない。それもそのはず。

「お呼びじゃございませんのよ、クリーチャー。いまさら、お前程度の気持ちの悪さで悲鳴を上げると思ったら大間違いでしてよ!!」

彼女はクーデルスの作り出す奇妙な生き物のせいで、この手の異様なものにすっかり慣れてしまったのだ。そして冷静に相手を観察していたアデリアは、その視線にたしかな殺気を感じ取る。

「まぁ、おとなしく調理される気はないということね。上等ですわ!!」

勇ましい台詞と共に、アデリアはスッと半身の構えを取った。

「クーデルスを蹴りつづけて鍛えたこの足の威力、その身に刻みなさい！
きえぇぇぇぇぇぇぇぇぇぇっ!!」

それはまさに、化鳥のごとき声と動き。

「ゴンゲエエエエ!?」

女性とは思えない威力の蹴りを脇腹に受け、化け物が思わず膝をつく。

「おほほほほ、弱すぎて欠伸(あくび)が出ますわ！　食材は食材らしく、おとなしく味付けされなさい!!
とりあえず、このソースはどうかしら？」

そう言って彼女が化け物の口の中に突っ込んだのは、髑髏(どくろ)のマークのラベルが貼られた真っ赤なソース。

「ゴンゲェエエエ!!　クゲッ、グゲゲッ!?」

「さぁ、そろそろ調理を再開しましょう……おやすみなさいませ!!　はぁぁぁぁぁっ!!」

のた打ち回る化け物を見下ろし、アデリアは優雅に体を一回転させると、化け物の喉に蹴りを叩き込む。

その一撃で化け物は動かなくなったのだが……彼女は首を捻る。

「うぅん、蹴った感触からすると、ちょっとお肉が硬そうね。たしか、そういう時は酵素につけて柔らかくするとクーデルスの持っていた本に書いてありましたわ。酵素といえば……あぁ、これこれ。肉を分解して吸収するために強烈な酵素を持っていると前にクーデルス団長が自慢しておりましたわよね」

彼女が目をつけたのは、クーデルスが生ゴミ分解用に使用している巨大ウツボカズラであった。

その壺状の葉の中に、アデリアは躊躇なく化け物の体を叩き落とす。

「ふぅ、お料理というものもなかなか大変ですわ。……って、あら、全部溶けてしまいましたわ。では、煮物の予定を変更してスープということにしましょう」

アデリアはそんな独り言を呟くと、化け物が溶けた殺人酵素を迷いのない動きで鍋の中に戻し始めた。

「あとは少し野菜を追加してみましょう！　何かよさそうなものは……あら、美味しそうなト

マト。これにしましょう」

思いつきでなんでも追加して、さらに味見をしないのは毒料理マスターの基本である。

危うい手さばきでトマトを切り刻み、アデリアは楽しげに鍋を火にかけて掻き回し始めた。

その作業の途中で、金属製のお玉の先が溶けてなくなる。

「あらあら、クーデルスともあろう者がずいぶんと安物をお使いですこと」

いや、そういう問題ではない。だが、彼女は全く気にしなかった。

やがて鍋からピンクとオレンジの中間、ちょうど肉色とでも表現すべき怪しげな煙が立ち上り始める。

さて、その頃クーデルスはというと、ダーテンに捕まってさらにボコボコにされていた。

往生際悪く何度も逃げ出そうと暴れたからである。

「ダ……ダーテンさんの裏切り者……」

その尻尾を摑まれてズルズルと引きずられながら悪態をつくクーデルス。

ダーテンはそんなクーデルスを振り向きもせずにドス黒い笑みを浮かべた。

「ふっ……俺だって心は痛いさ。でも、一人で地獄に落ちるのは嫌なんだよ」

だが、そんなダーテンの歩みがふと止まる。

「な、なんだありゃ？」

家に戻ると、煙突から螺鈿（らでん）のような虹の輝きを帯びた肉色の煙が立ち上っているではないか。

さらには空には低い雨雲が立ち込め、アデリアのいる家を中心に渦を巻き始めている。

「ま、まずいですね……異界の邪神の気配がします……いったい、何が……ちょっと、置いてゆかないでください!!」

走り出したダーテンの後を、クーデルスが痛みをこらえつつ内股でモタモタと追いかけた。

ダーテンとクーデルスが家の中になだれ込むと、アデリアが不気味な肉色の煙の中から出迎える。

「あら、戻ってきたの？　そろそろ仕上げに入るから、席について待っていてちょうだい」

不気味な煙をかき分けて出てきたアデリアの全身は、ねっとりとした液体で赤く染まっていた。

おそらくは、クーデルスがオヤツにとっておいたトマトの成れの果てであろう。

「あぁぁ、なんてことですか……」

楽しみにしていたオヤツを奪われ、クーデルスが絶望の呻き声を上げる。

「最後に、ハンプレット村に古くから伝わる食事の前のおまじないをしたら完成ですわ。うがあ＝くとぅん＝ゆふ！　くとぅあとぅる　ぐぷ　るふぶ＝ぐふぐ　るふ　とく！　ぐる＝や、つぁとぅぐぁ！　いくん……」

その呪文を耳にした瞬間、男二人が慌てて止めに入る。

「ちょっ、アデリア！　それ、絶対にヤバいヤツ!!」

「アデリアさん、危険です！」

だが、彼らの制止も空しく、謎の儀式は完成した。

「……　いあ　ぐのす＝ゆたっが＝は！　いあ　いあ　つぁとぅぐぁ！」

その瞬間、部屋を埋め尽くしていた謎の物質……虹の光彩を帯びた肉色の煙が鍋の中めがけて凝縮する。

続いて、視界を白く灼く激しい光。物理的ではない何かの衝撃が体を突き抜け、思わずクーデルスとダーテンは膝をつく。

そして、目を開けると……そこには何事もなかったかのようにいつも通りの厨房があり、鍋の火は消えていた。ただ、不思議なことに鍋の表面はなぜか白く霜に覆われていたのである。

「ふぅ、びっくりしましたわ。さぁ、スープは完成したかしら？」

そう言って鍋の蓋を開くと、そこには不可解なモノが存在していた。おそらくはスープであろう液体。予想を裏切り、黒く焦げてもいなければグツグツと泡立ってもいない。触手が生えてきたり謎のモンスターが飛び出してきたりもしなかった。

それのどこが不可解かというと……無色透明なのだ。においすらない。

アレだけ妙なものが色々と放り込まれた後だというのにである。

だが、水かと問われれば断じて否である。

なぜかと問われれば答えようがないのだが、本能的にこれは水に似た何かおぞましい代物だと理解できた。

そもそも、食材に含まれる以外の水が入っていないのにこの水の量はおかしい。

いや、よく見れば風もないのに表面が小さく波打っている。

「ダーテンさん、邪魔しないでくださいね」

「おぅ」

クーデルスが小声で囁き、ダーテンが応じた瞬間、クーデルスはアデリアに気づかれぬよう地面に向かって膨大な魔力を放った。

ゴゴッ、ゴゴゴゴゴゴゴゴゴゴコズズズズズズズズ……

重く激しい音を立てて大地が揺れる。ガシャリと食器が倒れ、さらに上から調理器具が落ちて甲高い音を響かせた。

「きゃっ、地震⁉」

アデリアの注意が一瞬鍋から離れる。すると、クーデルスがアデリアを抱きかかえるふりをして、彼女の視界を塞いだ。

次の瞬間、ダーテンが神業のような動きでアデリアの後ろに回り込み、鍋の中身を地面にぶちまけ、そしてそ知らぬ顔で元の位置に戻る。

「大丈夫ですよ、アデリアさん。地震は大したことないようです」

「ふぅ、恐ろしかったですわ……あら？」

そこでアデリアは鍋を襲った惨劇に気づく。

「いやあぁぁぁぁ！　せっかくのお料理が‼」

「まぁまぁ、こうなってしまっては仕方がありません。ダーテンさんの家に行って料理を作り直しましょう。アデリアさんはしばらく休んでいてください」

「でも、今日はわたくしが皆さんに料理を……」

「お気持ちは嬉しいのですが、アデリアさんはやはり料理を作るよりも作らせるほうが似合ってますよ」

そう言いながら、クーデルスはちらっとダーテンに目配せをする。ダーテンは無言で頷いた。

「さ、行こうぜアデリア。また次の機会もあるさ」

「ううっ、悔しいですわ」

ダーテンに連れ添われながら、トボトボと歩み去るアデリア。

その後ろでクーデルスは、二度とアデリアに料理はさせまいと心に誓ったのであった。

だが、物語はまだ終わらない。

なぜなら、そんなクーデルスの後ろでゲル状の何かがゴボゴボと音を立てつつ床から立ち上がったからである。

その日、夕食のためにクーデルスがダーテンの家を訪れたのはかなり遅くなってからであった。

その手には、厳重に封印の施された瓶があり、中には透明な液体が揺れている。

妙に疲れた顔をしたクーデルスに、ダーテンとアデリアは何度も何かあったのかたずねたのだが、クーデルスは曖昧な笑みを浮かべるだけでついぞ真相を語ることはなかったという。

お花畑の魔王様／完

あとがき

どうも、美少女神モラルちゃんです！

口下手でコミュ障な卯堂の代わりにここは私がご挨拶しちゃうすら、よろしくねー！

え？　足元に落ちているロープの切れ端は何に使ったあとかって？

……うっとうしい熊の顔よりも、美少女のほうが幸せになれるでしょ？

余計なことは見ないフリできるって、素敵な大人の条件よね。


あ、ダーテン。

念のために全力でソレ締めておいて。

中身出ちゃっていいから。

ＯＫ？　じゃあ続きねー。


さて、まずはあとがきから読む人のために作品の紹介をしちゃうわね。

この作品は、クーデルスっていうダメなおっさん魔族が魔族の社会を追放されて、人間社会に放り出されるお話なの。

しかも、このおっさん……パッと見ただけでは体がデカいだけでさえない感じなんだけど、変なところで頭はキレるし、常識もズレてる上に、魔力は絶大で世界最強クラス！

でも、先代の魔帝王が彼の魔術の属性を『お花畑』なんて名づけたせいで、魔族の間ではバカにされていたの。

そんな奴がやってきた人間社会はさぞ大変なことに？

でも、クーデルスは人間社会を満喫する気満々。

おまけに『恋がしたい』なんて言い出す始末！


やがてクーデルスは元悪役令嬢のアデリアをたぶらかし、辺境の地に自らの拠点を作り出そうと……までは考えてないわね。

アレの頭の中はゆがんだお花畑だから、『アデリアの幸せのためなら何してもいいでしょ？』ぐらいの感覚で国を揺るがしかねない陰謀をたくらんでるわよ。


でも、今回のお話ではまだその途中。

その陰謀のすべてを書ききるには、一冊じゃちょーっと足りなかったのよね。


だ・か・ら……お願い、この本買ってね！

続きが出せるかどうかは、いまここを読んでいるあなたにかかっているの！

今なら、アデリアの隠された力の謎に迫る書き下ろし短編『エイボン三分クッキング名状しがたき物体X、もしくはアデリアの手料理と呼ばれし物』もついてくる……って、題名長ぇんだよ！　舌噛むかと思ったろ馬鹿作者ぁ！


……コホン。

そんなわけで、次のあとがきも私がここを占拠じゃなくてご挨拶する予定なの。

また二巻のあとがきで会いたいな！

会いたいでしょ？

じゃあ、まだ買ってない人はこのままレジに行こうね？

以上、モラルちゃんでした！

お花畑の魔王様

発行日　2019年11月24日

著者 卯堂成隆　イラスト およ

©Udo Shigetaka

発行人　保坂嘉弘

発行所　株式会社マッグガーデン

〒102-8019 東京都千代田区五番町 6-2
ホーマットホライゾンビル 5F

編集 TEL：03-3515-3872　FAX：03-3262-5557
営業 TEL：03-3515-3871　FAX：03-3262-3436

印刷所　株式会社廣済堂

装　幀　ガオーワークス

ISBN978-4-8000-0908-1 C0093

著者へのファンレター・感想等は弊社編集部書籍課「卯堂成隆先生」係、「およ先生」係までお送りください。

本作品はフィクションです。実在の人物・団体・事件等には一切関係ありません。

咲き乱れよ(フロレシオン)
名前***クーデルス・トタート
(主人公であり元・魔王)
年齢***421歳
性別***男
身長***198cm
体重***106kg
貴方の出番なんか、
もう金輪際ありませんからっ!!
名前***アデリア
(一応、メインヒロイン)
年齢***17歳
性別***女
身長***165cm
体重***45kg
お花畑の魔王様

格好いいだろ、俺!
このすごい筋肉、見てよ!!
名前＊＊＊ダーテン
(太陽神にして闘神)
性別＊＊＊男
さぁ、偉大なる我に跪き、頭をたれちゃいなさぁい!
名前＊＊＊モラル
(淫神の女神)
性別＊＊＊女